殺戮的立場

太皮 著

可喜的創獲——太皮武俠小說《殺戮的立場》序

澳門筆會會長、文藝評論家　李觀鼎

在我的印象裡，太皮是一位勤奮耕耘而又不斷突破自己的澳門作家。他總是孜孜矻矻地尋找著適應環境又適合自己的方向和方法，小說之外，詩歌、散文、影視劇本甚至評論，甚麼都拿來試過、練過。他的文學書寫，比較注意選取新的視角，運用多樣的藝術手段，發掘生活題材，咀嚼人生況味。近年來他的快速進步和成長，正是這種執意進取的結果。

太皮的新作《殺戮的立場》，初試武俠題材，就站在了一個較高的起點上，並非偶然。這部作品描寫的武林，看不到先秦兩漢時期「士為知己者死」的高尚人格，看不到隋唐時期「輕生重義，快意恩仇」的儒俠精神，看不到宋元時期「聚眾結義，殺富濟貧」的綠林好漢，看不到明清時期「反清復明」、「濟世除暴」的幫會團伙，歷經一代又一代傳承、發展的俠行義舉，統統被作家「收斂」起來，他要表現的是另一類武林人生，因為「大武俠時代」已告終結，武俠的黃昏已經來臨。在這種歷史背景下，作品通過對「武俠」的解構，要告訴我們的是，面對時代巨大變化和社會深刻轉型，面對強大的時勢和注定的命運，一個武林中人，即或武藝再高、本領再大，也是渺小的、無可奈何的。這樣的命意和構思，無疑增加了《殺戮的立場》的寫作難度，但與此同時也讓作品有了深度和新意。

這部小說主要講述武林人物柴十郎習武未能成「雄」反成「魔」的故事，其情節固然曲折離奇，引人入勝，而更值得稱道的是作者對情節和人物關係的準確把握，使之成為「人物性格發展史」。作品不僅呈現了柴十郎冷酷、殘忍的性格，堅定、無情的「殺戮立場」，而且展示了這種「性格」和「立場」形成的生活依據和心理過程。

柴十郎出身普通農民家庭，老實巴交的父親為滿足十郎習武的要求，竟在城裡一家兵器店偷了一把劍，不幸被店主發現，將他打個半死，又割掉舌頭，挑斷手筋腳筋；兇手們還趕到家中追討「賠償」，並當著一息尚存的父親面輪姦了母親，最後殺死了她。這幕人寰慘劇，在十郎年幼的心底早早地埋下了仇恨。從那時起，柴十郎對「武俠世界」的幻想開始動搖了，他本能地發出了內心深處的質疑：「為甚麼俠士都不現身來救我們？」「為甚麼武俠大行其道的世界裡，還可以容留那些惡人存在？」

帶著這樣的困惑和疑問，柴十郎歷經千辛萬苦，才進入天山雲端眞人門下學習武藝。殊不知雲端與其大弟子竟是武林敗類，都有「龍陽之癖」，十郎和二師兄不幸淪為洩慾工具，每日供二賊淫樂之後，方能學得一招二式。在飽嚐精神肉體的凌辱和摧殘之後，十郎雖然學成了武功，其心靈上的殘損卻已無法彌補和修復。

當柴十郎滿懷憂憤踏入江湖，那裡早已是「今非昔比」。朝廷「禁武令」的頒行，讓武俠再無「用武之地」，習武者若不歸附官府，只能如販夫走卒般在卑微貧賤中了此一生。面對困境，十郎不得不調整生存方式，以一身功夫投入當時流行的劍舞表演，以爲安身立命之「業」，誰知世風流變，舞界遭遇東瀛時尚技藝衝擊，日益式微，十郎竟由頂級劍舞家淪爲三級舞師，備受輕賤和屈辱。

諸如此類的人生經歷，潛移默化地影響著柴十郎，其負面因子蠶食著他的善良和悲憫，他的正義和仁愛，他的習武行俠的初衷。漸漸地，那些連他自己也不知道從哪裡來的憎恨、暴戾、冷酷、殘忍、麻木和決絕，占據他的心野，主宰了他的靈魂！於是他舉起那把以生身父母性命換來的「劍匠胡十」鐵劍，到處嗜血奪命，不但殺仇人，殺武林敗類，而且殺無辜，殺婦孺老弱，甚至殺妻子女兒，就連被殺者臨危時相互救助的人性光輝，也無法照亮他陰冷的心，感動他於萬一。他殺紅了眼，殺瘋了心，竟賭咒似地發誓：「如不能留芳千古，就遺臭萬年！」妄圖以別人的血書寫自己的「傳奇」，踏著累累屍骨開啓所謂「大浩劫紀」的時代。

從小說對柴十郎這一人物性格及其發展的描述，我們看到了一種建立於傳統文化批判精神基礎上的現代意識。作者將主人公極端殘忍的「殺心」、極端貪婪的「私慾」及極端膨脹的「野心」聯繫起來，著力刻劃人物心理的病態和變態，生動而深刻地表現了人性之惡。作品一方面突破了武俠小說反面人物的規定性，一方面又擺脫了武俠小說主人公清一色「智、仁、勇」的人格形象模式，讓傳統俠義的高風亮節不斷受到反撥和嘲諷，堪稱一部「反英雄」、「反武俠」的成功之作。儘管這種成功還不算十分完美，卻也值得點讚一番，因爲它讓我對這部小說的作者充滿了期待。

是爲序。

想像武林，現實江湖——序太皮《殺戮的立場》

政治大學中文系副教授　張堂錡

1

在澳門中生代的小說家中，寂然（本名鄒家禮，一九七四——）和太皮（本名黃春年，一九七八——）的創作成績和藝術表現，很早便引起我的注意。他們二人年紀相仿，都以小說立足文壇，且都在澳門文學獎、澳門中篇小說獎等重要的文學競技場上屢屢獲獎，各領風騷。寂然比太皮年長些，也較早出道，成績已有目共睹，而這幾年，太皮也讓人看到了他過人的拼勁與堅持。他以中篇小說《綠氈上的囚徒》、《愛比死更冷》、《懦弱》連獲三屆的中篇小說獎，又在獲得幾次澳門文學獎的小說類優秀獎後，以〈搖搖王〉榮獲二〇一一年第九屆小說類冠軍、以〈河馬史詩〉獲得二〇一五年第十一屆小說類冠軍。以小說獲獎記錄而言，他在澳門文壇應該可以說是獨領風騷了。

有趣的是，他幾次的獲獎，我幾乎都擔任了評審的工作。在完全不知參賽者的情形下，我一次又一次被他的小說打動，也一次又一次看著他上台領獎，心中對他的敬意自然愈來愈深。我不知他為何要取一個如此「俏皮」的筆名，因爲不論是聽他在頒獎典禮上發表獲獎感言，還是私下的寒暄對話、書信往來，他都表現得虛懷若谷，甚至有些靦靦木訥。也許，這帶有自嘲意味的筆名，其實是一種自許，在文學創作的領域裡，他要追求的是不拘一格、打死不退的精神吧。明顯的例子是，他除了擅長的小說文類，去年底「竟然」出版了詩集《一向年光有限身》，雖然自稱是「業餘詩人」，但出手一樣不凡，對生命情感的消逝念舊，以浪漫的筆調做了深刻的回眸拾取，令人刮目相看。如今，他又在經營多年的寫實小說道路上，另闢蹊徑，寫起了武俠小說，而且即將出版，這令人又不得不對他多方嘗試、勇於突破的「皮」精神油然滋生更多的敬意。「一皮天下無難事」，這是玩笑之言，但對太皮而言，似乎想藉此自勉，在文學創作的舞台上知難而進，縱橫馳騁，一往無前。

2

在香港，武俠小說是一重要的文類，結合影視媒體的推波助瀾，擁有無數的讀者，也奠定了許多武俠小說大家的崇高地位。相形之下，鄰近的澳門始終缺乏這類出色之作，更遑論「轟動武林，驚動萬教」了。這與澳門文學的發展滯後、文學市場不夠寬廣、閱讀人口不足有關。正因爲如此，澳門作家在一九八〇年代以後，奮起直追的企圖心特別強烈。太皮是在這波寫作新浪潮下脫穎而出的佼佼者。他過去的小說以人性寫實見長，想像力活躍，有時直面澳門社會眞相，有時充滿後現代的科幻荒誕，有時試圖描繪歷史宏大演義，有時回歸市民生活平凡百態。投入武俠小說的寫作，使他以文字建構精神家園的版圖又擴大了許多。在澳門寫作武俠小說的作家甚少，太皮的嘗試顯得難能可貴。

這部中篇武俠之作，仍不失其一貫冷靜敘事的口吻，描寫「大武俠時代」終結，不少俠客只能委身於流行的劍舞表演，故事主角柴十郎即是這樣一位面對曾有的榮光消逝，而劍舞藝術又被來自東瀛的邪風侵蝕，心有不甘但無力扭轉情勢的落魄俠者，最終在內心殘酷幽靈被喚醒之後，決定展開血腥屠殺，讓自己成為一個一千年後仍有人記得的大魔頭！不能留芳千古，寧可遺臭萬年，也不要讓自己在生活洪流中載浮載沉，寂寂無名以終。於是，小說中的柴十郎，前後殺害了二千人，且這場江湖恩怨延續了數百年，成為武林經典。而這個驚天地泣鬼神的武林掌故，追本溯源，要從柴十郎身為劍舞師的最後一天說起。太皮以倒敘手法，將時間壓縮於一日之間，透過回憶與現實的穿插，清楚交代了柴十郎如何成為殺人不眨眼的亡命之徒，又是如何糾結於命運無情的內心煎熬。從「大武俠」到「大浩劫」，從「一代宗師」到「一代魔頭」，作者建構了一個想像的武林，一個想像的狂人。武俠小說中不缺乏的門派、比武、尋仇、招式、愛欲、出賣與暴力，在這部小說中一一具備，刀光劍影，爾虞我詐，人性的陰暗面在小說中充分展現，暴力血腥屠殺與白雪生花美學交融為一齣江湖恩仇錄，一個人性試煉的生死場。

作者在虛構想像武林的同時，始終沒忘記現實江湖的影射。這是武俠小說文類特質的迷人處，也是武俠小說經久不衰的魅力。例如，小說中描述京城興起的搏擊競技，形成京城百姓地下賭博之風，且是朝廷批准、派捕快進駐，「官方色彩強烈」，這不免讓人聯想及澳門官方允許、大力扶持的博彩業。賭場就是生死場，也是現代活生生的江湖。殺戮而有立場，賭博而有政策，曲諷之筆，太皮似深諳此中之妙。

3

台灣與澳門地理位置接近，且同爲華語語系，但長久以來，台灣文壇對澳門文學的歷史與現況一知半解，甚至毫無所悉。相反的，澳門作家卻深受台灣文學的影響與啓發，在兩地交流方面可說是嚴重失衡。澳門作家在台灣出版的第一部作品是年輕詩人袁紹珊的詩集《Wonderland》（台北：遠景出版社，二〇一一年），此外就是由斑馬線文庫於二〇一六年出版的四位年輕詩人譚俊瑩、雪堇、洛書、邢悅的詩集。其實，除了新詩，澳門的小說、散文和戲劇都有一些傑出之作值得引進，這對拓寬讀者視野、深化創作質量、提振文學發展都有極大的助益。如今，太皮的武俠小說新作能在台灣的秀威資訊科技出版有限公司印行，可以說是填補了澳門文學與台灣文學交流的鴻溝。但願這樣的交流在未來能更爲多元、積極。作爲一名長期關注澳門文學發展的台灣學者，我樂意看到這樣優秀的作品能呈現在台灣讀者面前，因爲，不論對太皮個人，還是台澳文學的交流，這部小說的問世已然深具意義。

名家推薦

太皮是澳門新生代最有銳氣也最勇於嘗試不同題材的小說家，爲人豪邁有俠氣，這次寫武俠題材是手到拿來。但表面的俠骨柔情底下也別有寄託，這是太皮嚴肅的一面，也是華人創作的共同潛台詞，我們不妨看看澳門的力量如何在方寸之間爆發。

——香港詩人、作家　廖偉棠

目次

楔子、殺人求道

八月十五，中秋。

傍晚，淒風苦雨。

櫻花館。

「滴嗒……滴嗒……」

鮮血沿柴十郎手中「劍匠胡十」劍鋒淌下，櫻花館演舞廳狼藉一片，腥風氤氳，血流成河，「櫻刀浪人劍舞班」三十名成員及五十三個伙夫雜役屍體橫陳，死狀各異，肢體殘缺，散布大廳各處。

這班櫻刀浪人生前由東瀛踏海而至，在京城此一劍舞藝術薈萃之地追尋理想，成員中，男的豐神俊拔，女的嬌冶妖豔，一炷香前，尚是不少凡夫俗粉的理想化身，民眾正期待他們晚上在偃武大街「天比高」彩燈塔樓的演出。

劍舞的主要道具、一把把徒具華麗外觀的寶劍，一碰鐵劍「劍匠胡十」，或截斷，或粉碎，寶劍主人一一斃命於柴十郎手下。如今他們的血液停止運行，壓在地上的肉體快將出現屍斑，之後便會腐爛發臭，化成泥土。

面對數十具可怖屍體，柴十郎沒絲毫悔意，只是本來激憤的心情，此刻反而得到平伏。他深吸一口氣，左手捏劍訣，右手揮劍式，不知不覺間，竟舞起劍舞「西出陽關」，舞步不時踐踏在屍體上，濺起鮮血，卻優美動人，彷如一杯雨水煮的好茶。他感到舞步從未如此輕盈，何以殺光這些人，自己竟感到如此快慰？不禁懷疑自己，到底是否出於妒恨，才展開此次屠殺？他深心裡也許一直妒恨這班倭人，若非他們的出現，其劍舞生涯定得以延長。

後人非議又如何？要開創歷史，總得有人犧牲。柴十郎嘴角露出笑意，閉上眼，享受這夢寐以求的一刻，在櫻花館演舞廳上翩翩起舞，那感覺如夢如幻，回想起自己劍舞生涯的輝煌時代，身前彷彿正圍攏過千觀眾。

「潑沙——」

一陣聲響，引得柴十郎睜開眼，只見屍堆某處出現聳動，一個女子全身血汙，像厲鬼一般緩緩站起，她上衣已在混亂中甩脫，豐滿的雙乳仍然挺拔，只是雙乳下面，肚皮一條裂痕，汩汩流血，腸子似乎也蹦出一些。

竟然還有生人？柴十郎站定，以手中「劍匠胡十」指向女子。一陣陰風吹進，女子沾滿鮮血的髮鬢飄動，裙裾搖擺，他只感這畫面美得震撼人心，才發現女子美豔動人，只應天上有。

爲何此女已將死，仍憑最後一道氣站起來？

他走到女子面前，正要出劍，卻見女子哭了，只聽她用不純正的京城話說道：「柴錦衣先生……

眞由子小時候，聽過很多你……你的傳說和故……故事……多謝你給我美麗憧憬……我的劍舞……因你……」一口鮮血噴出，站不穩，倒在地上。

眞由子，櫻刀浪人的女主舞者，柴十郎早有耳聞，此刻他冷眼旁觀，看似不爲所動，內心卻感詫異。女子掙扎著重新站起，手上已多了一把只剩半截的寶劍，她像舉起一把大槌子般吃力，緩緩揮動，艱巨地移動腳步，竟跳起一支劍舞來，正是柴十郎成名作「白雪生花劍舞曲」。她雙眼充滿混雜鮮血的淚水，滿臉天眞柔弱的笑容，望著柴十郎，如謁神祇。她笑道：「來到……中土後……我常……偷看先生的……演出……」

柴十郎怔住了，腦海出現一幕幕場景，彷彿看到當年自己在「風花雪」演舞廳演出時的丰姿。那時，是「大武俠時代」終結後的和平年代，那時，他的名字叫「柴錦衣」。

劍氣縱橫，白光閃爍，樂韻悠然，舞若遊龍。

由數十名京城頂級樂師組成的班子正傾情演奏，金石絲竹，抑揚頓挫，透過樂器間的增強與互補，每個聲音都恰到好處，似不經任何時空阻隔，直接送進聽者耳窩一般；十來個身穿綾蘿綢錦的年輕美女，翩翩起舞，纖腰豐乳，靈動有致，健美的體態，不論男女賓客都覺賞心悅目，百看不厭。

可是，當頂級劍舞家柴錦衣登場，舞動起他的「彩環七寶劍」時，不管是音樂抑或美女，都登時失色，成爲陪襯。

雖是男兒身，柴錦衣身段卻婀娜多姿，一襲柔軟輕紗衣裳，使他更顯飄逸，手中寶劍像身體一部分，劍柄繫幾條長絲帶，剛柔並濟，如在空中繪畫五彩斑斕圖案，淋離盡致，巧奪天功，配合美樂倩女，瑰麗得令人喘不過氣來。

「白雪生花劍舞曲」是柴錦衣成名作，因當年劍舞尚未流行被誤以曲名流傳，他聲名大噪後已難以改正，只得將錯就錯。他幾乎每次演出，皆以這支劍舞作壓軸，渾然天成的舞步，舉手投足間散發的驚人魅力震撼人心，所營造的意景猶如皚皚白雪，漫天飛舞，滿室生光，哪怕是炎熱酷暑日的京城銷金窩「風花雪」的演舞廳，也會生出一陣陣令人愜爽涼意，每當此時，賓客例必臉露陶醉神色，彷彿自己已不再是官商大戶、貴婦淑女，而是雪地上奔跑的野狐。

一舞既畢，歡聲雷動，柴錦衣帶領一眾樂師和伴舞伎躬身謝過，賓客中女眷紛紛拋來夾雜銀票、寶物的繡球，以表達對演出的讚賞。巔峰時期，柴錦衣曾試過一晚收入，相當於京城一班首席鏢師花十天半月走一趟鏢的酬金。

柴錦衣的成功，是京城劍舞藝術的成功，他的聲名遠播海內外。

可是，這已是十五年前的往事，十五年後，柴十郎演出依然傾盡全力，舞藝亦已大為精進，但時代巨輪在轉，將他遠遠甩在身後。

此刻，柴十郎耳聽東瀛女子喚出「柴錦衣」之名，眼看她跳出自己的成名劍舞，一陣熱血湧上心頭，雙眼湧出熱淚。只是這眼淚，只有他一個人知道。

東瀛女子一舞既畢，半截劍跌在地上，大口喘氣，「噗」的一聲，腸子湧出，身體向前傾倒，柴十郎跳前接住，緊緊擁抱那女子，可是女子已再沒反應，變成一具屍體。看著她美麗的瞳孔慢慢放大，柴十郎終於感到她十分面善，這雙眼他看過不下十次，那是一個柔弱書僮模樣的人，無論他在如何下三濫的舞館演出，這書僮都常來捧場。

柴十郎妒恨的櫻刀浪人劍舞班主舞，竟是自己的欣賞者，千方百計喬裝打扮，默默地觀賞自己的演出。

他喉頭一緊，放聲痛哭，哭得死去活來，想到今天發生的事，命運的諷刺，不禁悲從中來：到底自己是否做錯了？

他恨！

無論如何，今天他要殺夠上千個人，一千個人都要有不同死法，他要使用從那些欺世盜名的大俠身上學來的方式，爲自己創造傳奇的開端，他要揭開新時代的序幕！

柴十郎腦海內不期然出現一些畫面，想到那個間接終結「大武俠時代」的人──「蒼狗劍皇」齊北鬼，以及他的傳說。

在世人眼中，「蒼狗劍皇」齊北鬼武藝已臻化境，甚至達到不用使劍的地步，他的人就是一把劍，只要劍意一動，劍氣發出，氣機牽引，對方功力越高，劍氣就會變得越強。面對他殺人於無形的劍氣，強者也只能忍隱實力，以免遭殃。

從來沒有人知道齊北鬼的師父是誰、出自何門何派，在「大武俠時代」的頂峰時期，他橫空出世，創造了一代傳奇。

後來有一天他失蹤了。有人傳說他已難以控制自身劍氣，功力反噬，被失控劍氣剮成肉醬；有人說他只因不慎殺死一隻黑狗，終於領悟武學最高奧義，從此歸隱山林，返老還童；有人說，他已走火入魔，曾目睹他血洗十條村落，滿身血汙，像剛出地獄的魔鬼，最後將自己的心剜出來吃了；有人說齊北鬼不是一個人，而是七個人。

只因齊北鬼的失蹤產生連環效應，二十年前，江湖亂象頻生，幫派之間互相殘殺，大幫大派幾乎土崩瓦解，大武俠時代結束，「禁武令」頒布，自那時起，「十大神捕」取代了「十大門派」，娛樂的「劍舞」取代了殺人的「劍術」。

在短短二十年間，劍舞也經歷其盛衰、經歷其風氣的轉變，而近年「搏擊」競技的崛起，也漸漸吸引走一班捧場客。大武俠時代的犧牲品柴十郎，一度以爲自己劍舞的成就得以彌補其人生缺陷，可是，在劍舞風氣轉變的過程中，他再次成爲了犧牲品。

命運是一把利劍，不斷切斷柴十郎的希望。

一、困頓舞師

中秋，午間。

陰雲密布。

京郊「發財客棧」廳堂中間騰出的地方，柴十郎比以往加倍用心，施展渾身解數，揮動色彩已經暗淡的彩環七寶劍，舞動成名的「白雪生花劍舞曲」。

發財客棧是外地人來京的落腳點，客人當中多是到京城碰運氣，以期發跡揚名的各地人物，目標達成前，大多窮困潦倒，朝不保夕，生命充滿未知數，更有些亡命之徒，有不爲他人道的不堪往事，總的來說，盡是些粗鄙人物，面目可憎者有之，奇形怪狀者有之，當中也不乏奇人異士，或被掩蓋的金子。

今天，發財客棧的話題，主要圍繞一個在「神馬鏢局」取得成功的年輕人。那年輕人在客棧住過三個月，睡在糞坑邊，試過在街頭行乞、掏糞、搬煤、倒妓院客人洗腳水，後來尋得門路進入神馬鏢局，歷經三年時間，爬升至小鏢頭位置，更獲總鏢頭鐵無錢招入贅，其女兒雖是醜婦，也算大家閨秀，天賜良緣令人欣羨。大伙說得口沫橫飛，加鹽加醋，根本沒人注意柴十郎表演。

有人認爲，換了十五年前，柴十郎早就對這些鄉野粗人白眼相加，如今爲證明自己，爲堅持其劍舞藝術，也只能接受現實，顯露一副甘之如飴的神情。大家心知肚明，他已沒機會在晚場演出，哪怕是發財客棧如此下三濫場子，也只能討得中午空檔表演娛賓。他手下樂師只得四人，一個跟了他近二十年的瞎眼老箏師、一個侏儒笛師、一個肥胖嗩吶手，還有個年輕二胡手，至於伴舞伎更少得可憐，只有兩個，都是去年招來的村姑，姿色尚可，氣質卻酸苦，舞步生硬，談吐粗魯，他也只能將就將就。

江山輩有人才出，長江後浪逐前浪。成名鏢師傷殘了、衰老了、去世了，便有健壯的、年輕的、青出於藍的鏢師，以更勝前人姿態出現於鏢隊中，更新換代。劍舞界也不例外，歲月不饒人，劍舞師吃的是青春飯，一個劍舞師只要年過三十，其聲勢就逐漸下滑，直至被人遺忘。

京城作為天下中心，本土劍舞界承受的競爭比任何地方都激烈。來自江南的「花醉人劍舞班」及關西「公孫大娘劍舞班」已令本土行家應付得有點吃力，而東瀛渡海而來的競爭者更對本土劍舞界產生了重大威脅。當中，為首的要數櫻刀浪人劍舞班，其演出風格大膽露骨，嬌嬈淫邪，配合全女班的樂師和衣不蔽體的伴舞伎，極度挑逗的舞蹈和音樂，一改劍舞嚴肅的風尚，以摧枯拉朽姿態，在京城引起轟動，搶盡風頭，要求演出的名館豪戶排山倒海。一時之間，仿傚者四起，不少本土劍舞師，都替舞班起一個東瀛風味的名字，模仿東洋舞法，要求舞伎裸露，以期增加演出機會。

在京城劍舞界已由頂級劍舞家降格至三流劍舞師的柴錦衣，經已多時沒生意，近幾年，他已將藝名改回本名柴十郎，有時在其劍舞班名字前面加一「新」字，成為「新柴十郎劍舞班」此一與東瀛行家相類的名字，以期魚目混珠，迎合百姓口味，招徠生意。

柴十郎已四十歲，肌肉還結實，身體還健康，卻始終阻止不了歲月侵襲，任何人都看得出來，他皮膚開始暗淡鬆弛了、額頭出現皺紋了、動作開始遲緩了，面對那些年輕的競爭者，他已越發力不從心，百姓跟紅頂白，任他劍舞造詣如何深湛，已甚少人願意欣賞一個中年人去表演屬於年輕人的舞蹈。有人甚至建議他：「柴先生，你轉行做搏擊士吧？」

柴十郎很不容易，才討得「發財客棧」的小生意，接續三天演出，不算上打賞，扣去佣金，尚可支持他劍舞班半個月用度。

此刻，他正在廳堂中央專注演出，四周麇集上百客人，根本沒人留意他，有些人愁眉不展悶坐一隅，有些人吆五喝六猜拳行令，或大杯喝酒大碗吃肉，或打鬥比武欺善怕惡，嘈嘈吵吵，混亂非常，只有一個樣子有點魯鈍的年輕人單獨坐在靠近場地的椅子上，聚精會神看其演出。

那年輕人相貌不出眾，氣度卻從容，與周遭人等格格不入。只見一個女店伙給他端來一壺酒，禮貌地微微一笑，道：「客官慢用。」

柴十郎也不理會那麼多，專心演舞，逐漸進入高潮，音樂驟緊，他以舞步寶劍描繪一幕雪崩情景，就在這當兒，「嘩啦」聲響，突有一張桌子向他急勁飛來，一怔之下，他似未來得及反應，被桌子擊中倒在地上。

屋角一個操關西口音的大鬍子罵道：「你娘的！煩死老子了！快叫你家閨女來！等老子操個十回八回，老子打賞你幾個銅錢！」那人站起身，抓著自己那話兒，示威地擺動粗腰，哈哈大笑。

大家聽到大鬍子輕薄的話，都哄笑起來，好像柴十郎女兒已被操過似的。柴十郎不禁露出憤恨眼色，手指使勁握緊劍柄，卻看到屋角那個爲他拉生意的中間人周大鼻先生擺出要他冷靜的手勢。

柴十郎用力一閉雙眼，平伏情緒，緩緩站起，恭謹地將桌子搬開，吩咐樂師不用奏曲免再惹客人不快，重新起舞，打算將劍舞演完，可是，他已再不能專心了，尤其是那大鬍子嘲笑的神情揮之不去，影響之下，舞步不成章法，有如猴子走路，左搖右擺，怪異可笑。

正自氣苦，忽然眼前白影一閃，那坐在場邊的魯鈍青年身形一動已消失不見，驚疑間，面前一聲鈍響，瞧眞一點，嚇見剛才搗亂的大鬍子頭顱已被齊項斬下，擱在地上，雙目茫然似不知發生何事！

那魯鈍青年卻已回到剛才所坐之處，正用手帕仔細抹淨手上短劍的鮮血。

廳上立即騷動起來，群眾對青年指指點點，顯然有人見到大鬍子爲青年所殺。

與死者同桌的一個大漢二話不說，飛身撲到青年身後，雙手直取項頸，呼呼生風，眼看青年就要束手就擒，但青年像後腦長眼般，手中劍往後一指，不偏不倚向大漢咽喉刺去。

大漢大驚倒退，強作鎮定，道：「青天白日，朗朗乾坤！這小子白天殺人，不把官府看在眼內！」眾人起鬨，他壯膽道：「大家都親眼看到啊，他殺死我拜把子的好兄弟，我就在這裡看管他，哪位仁兄去幫忙報官，請京城最有名的捕快孫千秋來取他人頭！賞錢我與仁兄對分！」

青年聞言，仰天大笑，回頭盯那大漢道：「孫兄是否有閒情雅致管這事，我可不知道，我只知道這滕大鬍子在關西姦殺了五十一名幼女、七十三名老婦、十八個男子和兩隻狗，惡貫滿盈，罪行滔天，死不足惜。我是關西天水郡的首席捕快薛東東，奉命來搜捕逃亡京城各級關西欽犯下落，難道你也是一伙？」

那大漢驚得脫口而出：「『十大神補』的『鈍胎』薛東東？」「鈍胎」一詞本是貶義，在他口中，卻彷彿變成讚美一般，有令人驚懼的力量！他這時才看到青年腰際掛著的金色捕快令牌，一轉語氣道：「小人、小人只是在路上與這殺千刀的萍水相逢，我是川東人士吳再虔，與他毫沒干係。」

薛東東笑道：「那就好！你知道他頭顱值幾錢？」

大漢必恭必敬地道：「小的不知道，請大人指教。」

薛東東淡然道：「三十兩。你現在就替我將頭顱帶回天水郡，到時你領走一半賞錢，將餘下一半護送回京，交給這位先生。」說著向柴十郎一指。

那大漢一聽頭顱竟值高價，生怕被人搶走一般，一邊高喊「小的遵命」，一邊連爬帶滾餓狗搶屎，抱著頭顱奪門而出。死者屍身則被店小二抬出屋外處理。

薛東東仍是一臉魯鈍，像沒事發生過一樣，還劍入鞘，維持輕鬆坐姿，恭敬地向柴十郎道：「柴先生，小弟十五年前還只是個十歲毛孩，那年隨家父來京城領受皇上賜賞，有幸順道欣賞先生演出，先生優美的舞姿、精湛的劍藝，令小弟畢生難忘。小弟也想學劍舞，只是後來遵從家父訓導，進官府，當捕快。我一直亟欲再度欣賞先生演出，想不到今天不期而遇，希望剛才的事沒影響先生，請你再一展十五年前的舞藝，就像在風花雪演出時一樣！」說完拱手懇請。

柴十郎想不到自己竟曾對眼前這武功高強的青年產生過影響，似是對其藝術追求的回報，可他當下已是下三流劍舞師，面對「十大神捕」之一的薛東東，地位懸殊，不禁自慚形穢。也不敢怠慢，行過禮後，便吩咐樂師舞伎重新準備，表演「白雪生花劍舞曲」。

他閉起雙目，想像現場爲十五年前風花雪演舞廳，四周圍繞的達官貴人和他們的嬌妻美妾正聚精會神地欣賞演出，他慢慢陶醉在幻想中，但一時之間，又想起沒落的武俠階級，想起衰落的嚴肅舞藝，想起不幸的人生濟遇，想起深愛卻又移情別戀的那人，悲從中來。

到底這一切爲了甚麼？到底自己還有否機會留名後世？到底爲何要忍受？

演出過後，柴十郎收拾家生，與同伴返回安頓的小包廂，周大鼻將酬金拿來給他，擺出的仍是那副施捨面口，大家已然習以爲常。中秋節後，坊間對劍舞演出的需求便會大減，柴十郎好說歹說，周大鼻終許了他重九之日在風花雪爲公孫大娘劍舞班的晚間演出做暖場。

周大鼻道：「這是我買通風花雪一個管事人，才撈到的機會，你記住，除演出報酬要算我一半，到時如有賞錢，也記緊分我一份。」

「一定一定！」柴十郎唯唯諾諾。

周大鼻走後，發財客棧送來一桌粗茶淡飯，勞累了一上午，劍舞師與伙伴們美美地吃將起來。

席間，那年輕二胡手張有肉似受剛才風波所觸動，想到甚麼，一古腦兒地道：「老闆，有肉我不明白。以前在高麗，族中長老常說，中土武俠世界風雲際匯，江湖上群俠並起，習武者以武犯禁，懲惡懲奸，快意恩仇，因何如今再見不到眞正的武林強人？甚麼『蒼狗劍皇』齊北鬼、『凝血劍』張龍生、『秋月露』歌舒刀等武俠故事，我遠在高麗也是耳熟能詳……萬料不到，我到京城這半年多來，卻絲毫體味不到任何俠義氣息，見到不平事，總望有武俠現身，挫強扶弱，最後還得由捕快出手，靠官府來主持公道……老闆你學得一身武藝，奈何竟要……竟要以劍舞謀生？剛才那桌子，你只須稍微錯身，就可避開，何以忍讓若此？有肉實在想不明白啊！」

柴十郎瞳孔一縮，正要回話，那肥胖嗩吶手劉雨樓就道：「柴先生專心舞蹈，又怎顧慮得那麼多！你——」卻聽一把爽朗聲音從外響起：「因爲柴先生若不以身子擋住桌子，桌子就會摔在地上粉碎，客棧老闆便有機會扣你們酬金了。」

那捕快薛東東不知何時已現身房中，雙手抓著兩大醒酒，只輕輕一送，酒醒已端端正正落在桌上，只聽他說：「送東西進來！」外面一陣呼呼斥斥，幾個店小二和女店伙魚貫而入，將小方桌換成大圓桌，送來十多道山珍海錯，滿滿的差點擺不下。

薛東東老實不客氣，在柴十郎旁邊坐下，卻見他忽向一個正要退出的女店伙問道：「你叫甚麼？」

那女子不虞有此一問，嚇了一跳，懾於他武功與氣勢，戰戰兢兢地道：「小女子姓容，小名冰冰……」

薛東東喜道：「容冰冰！好名！好名！容冰冰，薛東東，容冰冰，薛東東……哈哈，今晚我就要你陪我過夜，娶你做我第三個妻子！我那兩個妻子無所出，家母一直敦促我再找人呢！」語氣絲毫沒給人拒絕餘地。

那女子不知如何反應，又似內心歡喜，聲若蚊蚋地道：「大人，這……」

「冰冰，你這就出去，告訴掌櫃我剛才所說的話，喏！這是我房間鑰匙，你去等我！告訴你，由我踏入這家客棧一刻起，幾乎所有長著眼睛的人都對我露出過厭惡神色，只有柴先生與你神態自然，況且我看你衣飾雖鄙陋，舉止卻嫺雅，神色從容，只要稍微妝點，定足以令風花雪眾伎失色。我們薛家在關西家大業大，保證你一生不愁吃穿。」

薛東東也不再看那女店伙，拿筷子挾起一塊熊掌肉，放進口中咀嚼。

那女店伙千恩萬謝地退出了。除盲箏師看似不明所以外，在座各人都錯愕不已，兩個伴舞伎一個叫周采蓮，一個叫陽月兒，更是又羞又愧，早知剛才就對面前這長相魯鈍的青年示好，說不定也可飛上枝頭變鳳凰，不要說做妻子，做個小妾都足以光宗耀祖！

只聽薛東東道：「這位二胡兄弟，看來你成長的地方遠離中土，因此並不知曉中土武林近年變化，想不想多了解一點？」

有「十大神捕」封號的人向自己講解，張有肉自然求之不得，大喜過望，拱手道：「小人願聞其詳！」

薛東東娓娓道來：「剛才經我細心觀察，先生的劍舞看似花巧、不切實際，其實是蛻變自天山劍法，據我猜測，柴先生系出天山劍派名門，師承也許就是該劍派隱跡前最後一任掌門、外號『正人君子』的雲端眞人……每個動作都蘊含無窮變化與可能性，將已經成形的劍術加以改良，容入自己對人生的思索……令我驚奇的是，柴先生的劍法還摻雜一種很奇怪的武功，那武功似乎比天山劍法威力更強大……可以說，柴先生要是成名在二十多年前終結的那個大武俠時代，定當是個叱吒風雲的偉大人物……」

張有肉驚訝地望著班主。

薛東東續道：「只可惜自本朝瑞吉皇帝即位以來，有感先帝幾次叛亂都因妖俠而起，遂頒行『禁武令』，武林門派勢力旁落，中土武俠階級的黃昏時代正式降臨。另一方面，朝廷更著力發展捕快制度，招賢納士，將年輕武學才俊悉歸國有，賦予使用武功的特權，歷經多年，漸漸發展出規模宏大、體制穩定，而又組織嚴密的捕快體系……」

張有肉忍不住插口道：「難道武俠就甘於……甘於被朝廷打壓？」

薛東東哈哈大笑，「我皇仁德，天下太平，戰禍遽減，邪風衰落，加上捕快體系的有效運行，習武者再不能像從前一樣，透過非正常途徑謀取生活資材，也就只能向現實低頭……武俠階級的後裔，一般只有四條路可走：第一，成爲捕快，收受朝廷奉祿，保護社稷百姓，這是武俠世家最多人選擇的路子；第二，加入鏢局當鏢師：這些年來，走鏢的大多是卸任捕快或者武功較次者，只因最近一些誇大的英雄事跡，才有發展起來跡象；第三，就是從事諸如劍舞、龍舞、蹴鞠，以及現在時興的搏擊等行業，以本身武功底子，娛樂賓客賺取財帛，這部分人大多武藝不高，似柴先生有眞才實料者，誠爲少數；第四，落草為寇，與社稷萬民作對。」他的講解有點平鋪直敘，似是一種朝廷內部的成文敘述，也許他已說過多遍，爛熟於胸。

張有肉道：「多謝薛神捕解釋，但有肉還是有些不解……老闆既有真本事，為何就甘願委身於這種別人骨子裡看不起的職業？」他只說了頭兩句，後面兩句咽下肚裡，沒說出來，把眼一瞄老闆。

一直沉默的柴十郎卻彷彿知道當中意味，只聽他道：「並不是所有人都為了好勇鬥狠才去習武，武學的頂峰，是一種對藝術的追求、對美的追求，有肉，你今天說太多話了。子非魚，焉知魚之樂？」

他不解薛東東何以談興甚濃，也許對方正打探一些事情，他也情知作為一個高麗人，張有肉不似中土人般說話吞吞吐吐，轉彎抹角，怕他再問，便露出不高興樣子，不再哼聲，抄起面前的一碗酒，一飲而盡。

武俠階級沒落，捕快體制發達，是當今中土武林實況，換句話說，習武者要一展所長，最基礎條件，就是得接受朝廷管轄。經過二十年發展，當今捕快已被賦予極大權力，除可在沒得到上級批准下抓捕及拘留嫌疑者，只要被朝廷判為三級以上欽犯，都可格殺勿論，先斬後奏。捕快的最上層，是三個名捕級別，依次為「十大神捕」、「三十六帥捕」及「七十二將捕」，其中「十大神捕」地位堪比以前的「十大門派」，一個神捕有一幫人協助做事，儼然就是一個機構。

柴十郎又喝了碗酒，想不到今日與十大神捕之一結緣，自然便想到了京城本地同樣是十大神捕的人物孫千秋，那個令他失愛、傷害他至深的孫千秋，要是沒有孫千秋，他今天也許就不會如此落魄。他使勁甩一甩頭，不讓自己想下去。

席上，大家閉口不再談武林事，改談各地風土人情。劉雨樓胃量極大，一連吃了三隻元蹄，吃得急，一時嚥不下，大聲咳嗽。薛東東哈哈大笑，伸手順他背部一推，幫他理順了。薛東東樣子雖魯鈍，但豪氣干雲，酒酣耳熱，竟拿過一把刀子，在小指上割出一道小口，把鮮血滴在酒碗裡，遞給柴十郎道：「柴大哥，今天我們結拜爲兄弟如何？」

潦倒劍舞師忽然得到捕快貴人青睞，柴十郎像是既感動又錯愕，想也不想，咬破手指，滴血入酒，飲下一半，薛東東把另一半喝光，喊道：「大哥！」

柴十郎道：「好兄弟！」

薛東東站起身，笑道：「今天實在太痛快，認了個大哥，娶了個嬌妻，我等不到今晚了，兄弟已心癢難熬，就此告辭！這段時間兄弟會留在京城，改天再到府上拜見大哥，再會！」向柴十郎一揖，身影一動，消失無蹤。

劉雨樓和張有肉同聲道：「好俊的功夫！」

看著劉雨樓和張有肉讚嘆的神情，電光火石間，柴十郎閃過一個念頭，一個十分可怕的念頭。

這可怕念頭，像幽靈一樣，出現得突如其來。

他雙眼瞪視著門外薛東東消失的方向。他知道，這幽靈一早就生存在他身體裡，也許已在意識中閃現過千百回了，甚至已經寫好「劇本」，只是每回一閃現，就被壓抑下去，這一次，他決定讓惡念開花結果，結束自己不光彩的人生。

他鄙薄自己這些年來的忍耐，鄙薄世間荒謬的一切。

一剎那間，他像撞邪一樣，變成另一個人，不再是那個謙卑的三流劍舞師了。

二、泣血往事

汗，乾了。

淚，乾了。

血，乾了。

他們激烈雲雨後的液體，也乾了。

夜，永無止境。

月光下，草原上，柴十郎仰躺著，對方俯臥著。

柴十郎望著對方如雕如琢的側臉，伸出手，輕輕撫摸愛人那柔滑的背，他翻身爬在愛人背上，那話兒從後進入，又再一次熱烈地動情起來。

他只希望可以永遠這樣愛著對方。

那時他沒有想到明天，但如果有明天，絕對不會是今天這個樣子。

今天，中秋。此時此刻，當眾人仍在細味薛東東的話時，柴十郎忽然冷峻地，對侏儒笛師說：「楊豆枯，記得當年我在妓寨的糞坑裡救你上來的事嗎？」

侏儒拼命點頭，咿咿呀呀，原來他的舌頭早被人割去，看來曾是一個口舌招搖的人。

柴十郎道：「我也不多說，有件事我一定要你辦到。這裡一兩銀子，你去僱輛快車，趕去燕山飛羽洞找我那正在修煉的兒子，叫他晚上回家，一家人在等他過節。你這就去吧！」

楊豆枯拿過銀子，立即告辭而去。眾人面面相覷，不明所以。

侏儒走後，柴十郎取出彩環七寶劍，審視了好半晌，向張有肉等五人道：「『彩環七寶劍』？嘿，其實這把劍不該起個如此惡俗的名字。」說罷使勁一抖，「噹啷啷」地將劍上已黯然失色的彩環、珍寶及彩帶等裝飾通通震落地上，現出樸實無華、普通得不能再普通的原形鐵劍，劍身近劍托處，隱約刻著四個小字。

柴十郎像是說給別人聽，又像在喃喃自語一般，緩緩地道：「你們知道這把劍的來歷嗎？我告訴你們，這把劍啊，是父親偷回來給我的。我們一家只是尋常農民，本來生活過得平平淡淡，快快樂樂，無憂無慮。有一天，村裡發生了一起事故，我看到一名俠士使劍救了村中一個美貌姑娘，颯颯英姿令幼小的我一見難忘，更使我產生對武俠世界的幻想，而這便是我不幸人生的開始……

「我央求敦厚老實的父親買一把劍送給我，但他何來會有錢買劍給我呢？他實在太疼愛我了，看到我悶悶不樂的樣子，感到耿耿於懷，有一天，他跑到城裡一家兵器店，偷了這把不值一貫錢的劍出來，卻不幸被店主發現。那店主將他打得剩下半條人命，挑斷他手筋腳筋，割去他舌頭，領著三個隨從，抬著已奄奄一息的他回到我家農舍，要向我母親取討十兩賠償。我母親沒錢，他們垂涎我母親美色，當著我父親的面，將她輪姦了，然後像對待一隻耗子般殺死她。有肉，這就是你嚮往的大武俠時代？」

聽到這裡，張有肉等背脊生起了涼意。

柴十郎續道：「其實這把劍對他們來說，根本同垃圾沒兩樣，完事後，他們丟下這把劍，揚長而去……我就站在門外看著那一切，那些兇手根本沒理會過我……我看得出父親已經氣炸了肺，他雙眼快要爆突而出了，喉嚨發出嗚嗚聲響……於是我回到屋子裡，拿起這把劍，對準父親喉嚨，一劍刺下，將他殺死，我實在不想他繼續痛苦下去。我只對村民說，那也是店主下的手……村民都可憐我們，卻沒人敢伸出援手，後來我知道，那店主的一個兄弟是官府中人……

「那時我只有十歲左右吧，你們知道我當時在想甚麼嗎？我在想，為甚麼俠士都不現身來救我們？為甚麼所謂武俠大行其道的世界裡，還可以容留那些惡人存在？這都是我這麼多年來一直思索的問題。」說罷，柴十郎掃視了在場幾人一眼。

劉雨樓、張有肉及兩個伴舞伎見老闆一反常態，氣氛怪異，均倒吸涼氣。柴十郎平靜地續道：「我知道自己那時根本沒能力報得了仇，但仇卻一定非報不可。薛神捕猜得沒錯，我的師父是天山雲端眞人……我歷經千辛萬苦，才得以進入他門下……你們知道我怎樣挺過來的嗎？雲端眞人並不像外界所以為的大仁大德，他與他的大弟子都有龍陽之癖，我和我的二師兄要學好武功，只得每天供他們淫樂。肉體的痛苦尚有復元的一天，但我的心已在那時注定殘缺。

「皇天不負有心人，我總算習得一身武藝了，加之經歷奇遇，功力更是青出於藍，我出山前幹的第一件事，就是將雲端老賊及大師兄兩人的淫根斬掉，還抓來幾個農民，要脅他們將兩人雞奸。江湖上沒人知道這件事，他們自然也不會說開去，我二師兄更從來不告訴別人知自己的底細。……有肉，不要急著走開，聽我說完……你知道嗎？想不到的是，那些害死我父母的凶手啊，在我出山之時竟然都已經死去了……

「我一時之間接受不到這個事實，但我還是壓下憤怒，打探得那四個凶手家人的下落。兵器店主的家人容易找，全族二十六口，我花七天尋出來殺光，姦殺了他兩個女兒和一個兒子；至於那三個隨從，有一個只剩下妻子，我用掌力震碎她心脈，免得她痛苦；有一個後來發了財，娶了八個妻妾，家族繁衍，共七十之數，那次事件相信你們也有聽聞吧？絕非傳說中的韃靼強盜所爲……我將他全家的人都殺光，只餘下五個女兒，賣給『萬毒妓寨』供煉毒的人散毒之用……」

兩個伴舞妓已聽得花容失色，難以相信眞有其事，只希望待會兒老闆會說只是開玩笑的話。

柴十郎道：「不過，殺最後一個凶手的家人時，卻不太順利……你們應該聽過江湖『四俠』之一『凝血劍』張龍生的名字吧？」

劉雨樓知道張龍生這個曾經大名鼎鼎的名字，他在大武俠時代的尾聲令武林迴光反照，與北直隸的「無頭槍」劉不言、南海的「蜻蜓點水」周阿水和江南的「鬼哭神嚎風雨刀」蕭安合稱爲「四俠」，一度被喻爲武林新希望，風頭搶過成名大俠「秋月露」歌舒刀，可惜只是曇花一現，阻止不到時代大輪的轉動，更是在短時間內，同時消聲匿跡，不是死於疾病，就是退隱江湖。

在張龍生死於咯血病之前，他的故事就已被京城說書界奉爲「刀劍類」經典，至今仍爲人津津樂道：黃河水災力抗鼉龍挽救陳氏家奴、青城山蒙眼助拳、大破無錫貧耕園，以及行刺黔北貪官歐驢兒等事件，在各說書場裡每天都有人添油加醋地演繹，還有一些淒美的風流韻事已被改編成戲曲小說，甚至有劍舞師將其故事融入舞蹈之中，人是亡故了，盛名卻不衰。

柴十郎望著張有肉等道：「我那時花了不少時間，找到最後一個兇手的親人，是那廝一個痴呆兒。我查明，那痴呆兒獨自一人生活，隔壁一戶人家會將吃剩的飯給他，有一頓沒一頓的。這更令我覺得應該殺死他，因他活著實在受累……我買了一些醬牛肉之類的熟菜帶給他，他美美地吃光了，坐在地上撫著肚子。那天秋高氣爽，蜻蜓在天上飛來飛去，不但是郊遊的好時光，也是殺人的好日子，我拔劍，劍尖對準他喉頭，只要一眨眼工夫，他就可以離開這個冷漠的世界，我的劍已出，卻聽一聲清脆聲響，只見面前站了一個人，舉劍架開我的劍。

「那人十分瘦削，似患有重病，我認出他就是當年救了同村姑娘的俠士，只聽他道：『在下張龍生，請教閣下高勝大名？』

「我胡謅道：『我姓胡，劍匠胡十。』

「那時他道：『胡兄弟，請放這小兄弟一馬！他已生不如死，何苦咄咄相逼？』

「我笑道：『他是我殺父仇人之子。』

「張龍生先是一怔，然後擺出一副大義凜然的模樣，說：『冤冤相報何時了？聽我說，放下執念，停止殺戮，我可以只廢你武功，並答允保障你今後安危，令你免於其他仇家追殺。』

「那痴呆兒居所在京城近郊一條交通要津旁邊小巷的拐角處，平時一般人不會拐進來，不知何故，在張龍生說話之時，周遭竟慢慢聚攏了不少人。我從經驗推敲，早料得這個情況，卻不料這幫人如此迅速到來，大家聽到他說要我放棄報仇和保護我的話，均發出讚嘆之聲，當中就有人重複多次報出這位大俠的名字。

「我哈哈大笑，質問道：『菲菲遭她丈夫殺死的時候，你在哪裡？』

「張龍生雙眼一瞪，驚道：『菲菲？』

「我道：『你在柴家村救的女子，那女子雖是一名村姑，卻像天然生成的美玉，有強徒在白日之下要將她姦汙，你出現救了她。人家都傳說那女子要以身相許，但被你拒絕了……』人群又傳來一陣讚嘆之聲，大家都像聽過這故事，有人更說：『是啊，公孫大娘劍舞班就表演過這故事啊……』

「張龍生一臉沉穩，一副泰山崩於前而面不改色的樣子。我說道：『事實並非如此……』正要說下去，寒光一閃，張龍生已使出他的凝血劍，直取我面門，我一挫身避開攻勢，與他鬥了十幾回合，看見對方一個破綻，我轉動劍鋒，在他左臂上劃了道長長口子，一個根斗，翻身落在癡呆兒後面。我大聲說道：『事實是你奪去了菲菲處子之身，你欺騙她，還要她保守祕密！你也說過要保護她一生一世！但當她被丈夫虐待十天致死時，你在哪裡！』

「張龍生臉色鐵青，顧不得傷勢，一劍向前刺來，我穩穩地站在癡呆兒身後，不閃不避，他如要傷我，最直接的方法就是先刺穿癡呆兒，果然，他毫不留情地一劍刺開了癡呆兒咽喉，直取我心臟，可是劍尖來到我身前時我已避開了，我一腳踢在癡呆兒臀上，撞向張龍生，兩人同時翻跌地上。

「張龍生一腳踢開癡呆兒，大吼一聲，那時我已跳上屋頂，說道：『張龍生！你們這幫四俠全是欺世盜名之徒！江湖就是敗壞在你們這些人手上！今日辜且留你項上人頭，你好自爲之！』

「我目的已達到，報仇，同時揭露這些所謂俠士的眞面目。你們知道嗎？在我爹娘被殺害時，這張龍生還留在柴家村，與菲菲打得火熱。是菲菲在我要離開柴家村時，告訴我這個祕密的，她說她那時就知道有一班惡人來我家討債，央求張龍生施救，但對方未有理會。」

說了那麼多話，柴十郎終於緩了一緩，坐下來，飲一口酒。劉雨樓咽了口唾液，道：「老闆，這些事不會是眞的吧？怎麼沒人提起，人家都只說張龍生的好……」

柴十郎一聲冷笑，道：「我在殺滅兵器店主的家人時，早就留下線索，令人追查得到，甚至模仿張龍生劍法，要引起他的關注，但一直等到我要殺最後一個時，他才出現。他們這些所謂俠士啊，根本就無時無刻不在算計，無時無刻不作最好打算，救一個人，殺一個人，都要等到最好時機……救一個美女，可留下風流韻事，等說書人編故事傳揚，救一個醜婦就沒人傳頌了……我殺那些仇人家人時，他根本沒想過去幫忙，只因摸不清我底細，事情亦未在民間引起反響，待到時機成熟，地點和時間合適，他才現身救人，其隨從和『媒客』也將消息擴散開去。武林傳奇就是如此產生的……」

劉雨樓只知道在這個武俠殞落的時代，張龍生等人的故事，一直都是曾經習武之人的精神寄託，壓根兒沒有人會想到是假，也不會相信是假。張有肉則對柴十郎剛才敘述的情節產生疑惑，像是在甚麼故事中聽過。

只聽柴十郎由冷笑的語調轉爲苦笑：「眞是想不到啊！幾十雙眼睛看著張龍生殺人，竟然沒有一人認爲他做錯，幾乎每個人都說他爲勢所逼，因要追捕兇手，才會錯手殺人，由於心生愧疚，加重了咯血病病情……這個故事，被說書人編爲『假俠士設計殺良民，張龍生落難京城西』的故事，有肉你聽過吧？」

張有肉點頭，他在高麗時就聽過了，那故事混合張龍生曾經捕殺的名叫林醉愁的江洋大盜事跡，將林醉愁作爲那個引導張大俠刺殺癡呆兒的歹角。

張有肉不禁問道：「難道有關『蒼狗劍皇』齊北鬼的傳說也是假的！」

「不是！當然傳說歸傳說，沒有人可以準確地描述齊北鬼，他的武功和他的人已不是文字和語言可以描述。——有肉，我相信你也會成爲傳奇的一部分。」

張有肉不明所以，望向劉雨樓。劉雨樓見氣氛有點兒緩和，便壯著膽子問：「四俠其實都是你殺敗的？」

柴十郎仰天長笑，道：「我簡直就是作繭自縛！要不是我將那四個人打敗，也許大武俠時代就可以延長一陣子，朝廷的行動也不會如此之快。這也是無可奈何，更令我始料不及的，是皇帝竟然頒行禁武令，只允許捕快和鏢師使用武力，削弱江湖各大門派權力，打擊武俠階層，我一個人已是孤掌難鳴！

「這就是所謂的時勢，時勢可以造英雄，也可以造狗熊，我就是時勢造出來的狗熊！我原以爲擁有一身高強武藝，不但可以報仇，也可憑此改變命運，卻因天下太平，物豐民皁，禁武令頒行，諸惡偃旗息鼓，武俠已無用武之地！習武者如不進入官府，下場竟如販夫走卒一樣，過著低微生活！你們說，這上天對我公不公道？公不公道？」他像著魔一樣，兩眼滲出冷光，逼視五人。

劉雨樓、張有肉與伴舞伎面面相覷，今天一開始還像往日一樣好端端的，接下來出了個大鬍子和薛東東，掀起波瀾，如今老闆更一改常態，不知之後還會發生甚麼事，而且還聽了老闆那麼多不足爲外人道的祕密，不禁膽戰心驚，冷汗直冒。

三、劍皇再現

如果不是一代傳奇「蒼狗劍皇」齊北鬼忽然消失無蹤，引致中上武林勢力失據，分崩離析，未能形成統合的力量令朝廷有所顧忌，武俠階級也不會輕易地冰消瓦解，今天習武者只能投奔朝廷作爲人生唯一出路的狀況也不會出現，不少舊時的武林豪族，對齊北鬼褒貶不一，又愛又恨。

如果齊北鬼一直在世，今天柴十郎是否已能成爲獨當一面的一代名俠？

柴十郎輕輕地撫摸那把樸拙的鐵劍，道：「這把劍的劍身上刻著『劍匠胡十』四個字，估計是一個姓胡的鐵匠所鑄煉的吧！看到這個『十』字，眞是很感親切，起這種名字的人，天生就注定平平凡凡，默默無聞……但我不甘心啊！我知道這個鑄劍師傅也不會甘心。我就是憑這把平凡的劍，打敗四俠，砍斷了張龍生的凝血劍、削斷了劉不言的無頭槍、斬下周阿水輕功天下無雙的雙腿、削去蕭安手握鬼哭神嚎風雨刀的雙手，這又怎會是一把普通的劍？……」

柴十郎目露兇光，向眾人道：「我絕不會令這把劍繼續默默無聞，我一定要令這把陪伴了我三十年的無名劍，將來成爲名動天下的凶兵！幾位，很多謝你們多時相隨，今天之後我將不再是劍舞師，你們有幸爲魔劍『劍匠胡十』的誕生作出犧牲，相信你們一樣也會留名後世！」

柴十郎說完閉上眼，深吸一口氣，爲大開殺戒準備。

就在這時，響起一陣桀桀怪笑，劉雨樓與張有肉循聲望去，只見是由盲箏師口中發出。

柴十郎口角一牽，笑道：「前輩，我感到你的劍氣了……」那劍氣就像一種令人上癮的毒藥，一感到那劍氣，他就渾身舒泰，進入聖哲的化境。

盲箏師張口大笑，「哈哈哈哈！老鬼我實在太高興了！我知道這一天總會到來！我知道這一天總會到來！」

倏忽之間，室內生風，只聽兩個伴舞妓痛呼一聲，兩女不知何故，外露的手臂上多出幾道血痕！

劉雨樓驚呼一聲：「劍氣？老先生，難道……難道………難道你就是齊北鬼？」他這一驚非同小可，立即擋在張有肉身前，抵擋劍氣，對兩女喊道：「月兒！采蓮！快躲在有肉身後，你們不要再亂動，一動就會牽扯劍氣，身首異處！」

盲箏師沒理會他，站直身子，對柴十郎說：「小羔羊，這一天我終於等到了……這一天我終於等到了……」他一邊說話，身體一邊起變化，必剝作響，筋骨震動，竟慢慢變得比原來強壯高大，且肌膚竟回復光澤，面容也起了變化。

只聽盲箏師續道：「我一代劍皇齊北鬼，自從走火入魔，功力盡失，更毀了面容、瞎了雙眼，我本應該自絕，又不甘心如此死去……是你那發自內心的劍意激發我，令我找回失去的功力……小羔羊，你還記得我們相遇的情境嗎？」

柴十郎微笑道：「永遠記得……」

腦海裡出現了他們初次相遇的情景。

那天，柴十郎又遭到雲端眞人及大師兄靈樹子淫辱。他們吃了藥丹，輪流操弄了他一個時辰，似不知疲倦，末了只授他一招半式，接著他們又要開始淫辱柴十郎的二師兄小火兒了。柴十郎忍受全身痛楚，帶著他負責打理的一群羔羊，到山谷獨自練習。

那山谷是他與二師兄的祕密花園，只有在那裡，他才可以做回自己，才可以找到一息紓解的機會。峭壁長滿雜樹，長年累月落下的樹葉，在地上鋪出一層厚厚織錦，由於異常乾燥，樹葉只會乾枯，不會腐化，四周長滿奇花異卉，羊已吃過草，在山谷裡只呆呆地看著牧者練劍。

柴十郎的劍意充滿憤怒，一招一式狠辣異常，他對自己要求極嚴，只要一套劍招稍有一招半式要得不滿意，就會重新演練一遍，一直練到自己認爲完美無瑕爲止。那天他不知練了多少時候，漸漸感到腦海一片空白，暈眩感加劇，似失去意識，幸好聽到羊兒悲鳴，才清醒過來，發現自己遍體鱗傷，猜道剛才差點走火入魔。他頹然倒在地上，劃破的肌膚雖隱隱作痛，但比不上下身那劇痛所帶來心靈的創痛。

他如此俯臥著不知過了多久，月光灑下來了，他才醒起二師兄並沒依約到來交流劍式，難道出了甚麼意外？正自擔憂之際，忽感到一股銳利劍意，地上枯葉像有生命般跳動不止，他只見遠方顯現一個人影，正向他緩緩走近，情不自禁地叫了聲：「二師兄！」卻見對方並未回應。身體虛弱，意識迷糊，他極力遠望，只見對方體形比正常人龐大，剛好一塊浮雲遮蓋了月亮，一時之間看不清對方面目。

那人緩緩走近，右手高舉，竟是一把利劍模樣的物事，向柴十郎直揮下去。柴十郎下意識舉劍擋架，托地彈起身，手中劍直取對方胸口。那人竟不擋不避，又是一式怪異劍招，從不可能的角度，割向柴十郎頸部筋脈。柴十郎只喊得一聲我命休矣，手中劍匠胡十卻像不聽使喚的擋著對方攻勢。如此交手幾招，柴十郎才發現對方根本不是人，而是一堆受力量牽引的枯葉所幻化成的人形，而劍匠胡十也受到那股力量牽動糾正出劍角度與力度，似有人刻意傳招多於要加害於他。他心神一寧，使個劍訣，大喝一聲，利劍直插人形咽喉，樹葉應聲而散，劍氣也消失無蹤。

雖大感疑惑，但柴十郎並未將奇遇告訴二師兄，自那以後，只要他獨自一人練劍，練到某個時刻，那劍氣就會出現與他交手。有一次，他再度遭受雲端眞人極大侮辱，又因與二師兄發生爭執，練劍時想起自己種種不幸際遇，怒意、恨意和惡念更盛，又進入那快將走火入魔的境界，羊兒都躲得遠遠的。

「篷」！「篷」！「篷」！「篷」！「篷」！「篷」！「篷」！

突然間周圍出現七個身影！這一次，那劍氣竟幻化成七個人形，從各個方向，以不同劍式，向柴十郎襲來。他始料不及，疲於招架，驚覺每一個人形的劍招都帶給他不同感受，仿似七個不同個性的人一樣，每一招劍意都刺入他已空白一遍的腦海，使他感受至深，四周萬事萬物都消失無蹤了，剩下的只有他自己！他笑了，漸漸地，一招一式都變得像舞蹈一樣，將七個人形的劍意融入劍招之中，他感到漫天飛雪落在地上，長成鮮花，白雪生花。他又恢復澄明意識，四周沒有白雪，落下的都是枯葉，在他渾然不覺間，不但七個人形都被他破滅了，竟然連方圓幾丈的枯葉都被他揮劍掃開，現出下面的泥土來，一塊倒在地上的墓碑赫然入目！

柴十郎一怔，走到墓碑前，只見碑上寫著四個剝落的赭紅色大字：「殺人求道」！

「殺人求道？」柴十郎輕唸出來，話音剛落，喀啦一聲，墓碑竟自裂開，現出下面一副棺材！他隱隱知道這副棺材必與劍氣有關，一壯膽子，以劍挑開棺蓋，只見裡面躺著一具乾枯屍體，已萎縮如風乾火腿！柴十郎一陣作嘔，掩著鼻子審視，但見屍體是男人模樣，全身赤裸，沒任何衣履與陪葬品。

他道聲：「打擾了！」正要蓋棺之際，奇怪的事情發生了！只見大量蛇蟲鼠蟻、飛鳥小獸從四方八面向著棺材聚攏而來，前仆後繼地爬入棺材之中，竟將整個棺材塡滿，其他擠不進去的，則在四周遊走，顯得惶惶不安。柴十郎只見源源不絕爬進棺林之中的生靈逐漸乾枯，竟像被人吸去生命力和水分一樣，化成灰燼，突然「蓬」的一聲巨響，棺材中站起一人，身材異常高大，聳起鼻子，像狗一樣嗅著，只聽他嗄啞地道：「小子，抓一隻羊來給我吃！」

柴十郎才發現那怪人原來雙目不能視物，猶豫之間，站在羊群外圍的一隻羔羊已受氣機牽扯，向著怪人疾急飛去，怪人將之接住，高高舉起，「噗」的一聲撕下羊頭，骨碌地啜飲血水，活生生地將羊吃光了，只看得柴十郎目瞪口呆。

後來，他才知曉，那個被他劍意喚醒的人，便是消失江湖，大名鼎鼎的一代傳奇——「蒼狗劍皇」齊北鬼！只有齊北鬼一個，能夠運用劍氣殺人於無形，能夠用劍氣駕馭其他物體。

從古至今，只有他一個。

在發財客棧裡，柴十郎笑道：「沒有劍皇前輩，也沒有今天的我。」

齊北鬼也笑道：「你是感恩於我，還是恨我？」他凹陷的眼眶顫動，十分詭異。

「晚輩怎會有恨？沒有你，我如何打得敗雲端賤人？如何得殺敗四大僞君子？」

「那麼，你還記守諾言？等我們互相成全，成爲新歷史的開端？來吧！」

齊北鬼拿過古箏，向上拋起，古箏向下掉時，他一掌插入古箏之中，「啵」的一聲，木屑紛飛，取出裡面藏著的一條手臂長的尖銳骨頭。

劉雨樓輕呼：「『蒼狗骨』？」

齊北鬼笑道：「劉胖子，你少說話吧！你的金鐘罩就算再到家，都不可能抵擋到我的劍氣。蒼狗骨是我父親脊骨，怎會是這個樣子？這是羊腿骨啊！哈哈哈哈——！」瘋瘋癲癲，令人汗毛倒豎。

柴十郎會心一笑。那時的情景，他仍歷歷在目。

只見從棺材裡站起來的怪人吃光羊肉，幾乎連骨頭也不剩，只餘下一條腿骨，他吸光骨髓，用牙啃出尖銳形狀。柴十郎雖經歷過人世間最慘痛的事，似這般茹毛飲血卻是聞所未聞。

怪人吃完東西後靜止不動，半晌，忽然轉頭，面向柴十郎，面目猙獰可怖，雙眼通紅，驀地張開血盆大口，怪叫一聲，向他撲來，疾風起處，舉起手中羊骨，刺向他右眼。

柴十郎大驚，搶向一旁，舉劍準備抵擋，卻見怪人撲了個空後，突然又顯得手足無措，聳動鼻子向四周亂嗅，忽走到壁下，撒起一泡尿來。

柴十郎心情一寬，突然項上一緊，頭上一條樹藤似有生命般勒住他脖子，將他拉起。怪人走到他身前，伸手要脫他褲子，他知道怪人要穿衣服了，大叫道：「前輩且慢！」

怪人雙手止住，問道：「誰叫我？」

「前輩，我明天給你帶一套……新衣服來，好嗎？」他的劍已掉在地上，雙手扯著頷下樹藤想令自己有空間呼吸，卻無論如何都拉不動。

「你騙人！」

「我……我一定會……帶過來，以此來多謝你這些……日子來的教導……」

怪人搔頭道：「我有教你嗎？我在睡覺，甚麼都不知道……好吧，我讓你走，但你要留下一對手，到時拿衣服來贖回。」

柴十郎大驚，又呼吸不到空氣，胡亂說道：「前輩，你把你……把你那對手給我，我拿衣服來，再把手還給你……」

怪人大喜：「也是辦法！」

樹藤一鬆，柴十郎跌在地上，只見怪人上前，遞上雙手，笑道：「小子，你斬下我雙手，等拿到衣服後，就把手還給我……」

柴十郎驚魂甫定，撿起劍，心想此地不宜久留，盤算用劍將怪人刺傷後逃走。他走到怪人跟前，將劍舉起，發現對方原來雙目已盲，又觸及對方一臉愉悅神情，略一猶豫之際，怪人面色驟變，來不及反應，怪人已雙手伸前，抓住他頸項，將他高高舉起。

柴十郎又是猝不及防，只見怪人咬牙切齒，怒目圓睜，漸漸感到他雙手使勁，比剛才被樹藤勒著時還要痛苦萬分，快將窒息了。千鈞一髮間，一陣熱血濺在臉上，他睜眼一看，怪人雙眼竟自爆破，只感頸脖壓力一鬆，跌在地上，怪人也隨之倒下。

柴十郎撫摸頸項勒痕，警惕地看著俯臥地上的怪人，一時之間不明所以，只聽那怪人道：「小兄弟，求你殺了我……」

柴十郎大驚：「甚麼？」

「我已瘋癲了，我一代劍皇不想落得如斯田地，求你……我從沒求過人……求你殺了我！」

「甚麼？一代劍皇？難道……難道你就是失蹤多年的蒼狗劍皇齊北鬼前輩？」

「哈哈哈哈……還有人記得我！哈哈哈哈……」他說這些話時，雙眼流出的鮮血已染紅了頭顱周圍的泥土與枯葉。

柴十郎將他扶起，依在一棵樹下，脫下衣裳罩在他身上，道：「晚輩這就去找衣服，也尋些水給前輩喝！」立即動身，走出山谷外，在三里外一戶農家偷了兩套衣服，又用瓶子盛了些水，花了約莫半個時辰，回到山谷，眼前景象嚇了他一跳！

只見剛才還壯健如牛的齊北鬼已變得乾瘦如柴，身體周圍都是血水，柴十郎奔過去，見他氣若游絲，難道剛復甦又要死了？

怪人抓住他的手，懇求道：「殺了我……殺了我……」說罷突然抓著自己胸口，好像有東西在咬他一般，亂呼怪叫。

柴十郎跌坐地上，右手握劍，不知如何是好。

「哈哈哈哈……」齊北鬼向劉雨樓道：「劉胖子，乃念你平時尊稱我做『老先生』，我已在你們周圍布置了一層劍氣，我死後，你還可以支持一陣，有話就對老闆說，不過，我估計你還是難逃一死啊！」轉頭對柴十郎道：「當年你打不贏我，就看你今番悟道，能否置我予死地，使我能死予劍道的極樂化境！」

豪光驟現，齊北鬼運轉手中羊骨，將自己籠罩於密不透風的劍氣中。

柴十郎拱手表示恭敬，劍尖向前，遠遠對準劍皇印堂。

室內氣壓陡增，劉雨樓渾身冒汗，在齊北鬼劍氣及金鐘罩氣勁保護下，張有肉、陽月兒及周采蓮仍感呼吸不暢，頭暈目眩。劉雨樓但見齊柴二人保持同一陣勢，良久不動，知道這是巔峰對決，一招定生死，要不是齊北鬼被刺死，就是柴十郎遭對方劍氣趁虛而入，被割成韭粉。

劉雨樓快支持不住，就在這時，突見柴十郎身形一晃，電光火石間，他已背對著站到了齊北鬼身後。羊骨斷裂，籠罩齊北鬼的劍氣頓息，額頭汩汩地湧出鮮血，只聽他道：「壯哉……壯哉……太美了……我看到那個境界了……我窮畢生尋找的那個劍道境界……終於見到了……不枉我在你身邊二十多年……多謝……」

「篷」的一聲，齊北鬼挺直地向前倒下，一命嗚呼。

劉雨樓驚呼一聲，氣勁稍洩，後面傳來兩下爆破聲，血肉飛濺，兩件舞妓抵不住氣壓，還沒來得及哼聲已爆頭而亡。

張有肉哭道：「劉大哥，救我，求你救我！」

劉雨樓定神，用金鐘罩氣勁擋下餘下劍氣。

柴十郎緩緩轉身，向齊北鬼屍體一拱手，踱到劉雨樓身前，道：「雨樓，想不到你也懂武功，我走漏眼了……難怪你不近女色，原來是和尚……」

劉雨樓急道：「老闆……柴……柴大俠，能放過我們嗎？」

柴十郎心意已決，道：「我等這一天，等了二十年，現在是時機了，若我仁慈，將不會成爲後世傳頌的傳奇大魔頭……」

「柴大俠，我也是被時代遺忘與淘汰的一群……我也想成爲傳奇，你能聽聽我的故事嗎？」

「對不起，我沒興趣……」

柴十郎一副冷若寒霜的面孔，雙眼看著劉雨樓，像看一件死物，似乎已準備好出手了。

劉雨樓怒道：「你根本沒資格恨！你跟那些你鄙視的人，到底有何分別？我不甘心！我不甘心！」他不想坐以待斃，掣起鐵砂掌，向柴十郎進攻。

柴十郎有兵器優勢，巋然不動，舉劍擋架。劉雨樓騰挪跳躍，尋找適合時機出掌，他一聲大喝，雙掌直取對方面門，大有玉石俱焚之勢。

眼看雙掌將要轟至，柴十郎竟閉起雙目，睫毛晃動，雙掌在他面前一寸停下。

柴十郎的劍，已刺進了劉雨樓胸膛中。前者張開眼，只見對方竟露出笑容。

劉雨樓笑中帶淚，「其實我早已生無可戀，我只在等待大武俠時代的復興、等待十大門派的光復……但我不是你，就算大武俠時代沒有結束，我還不一樣是個凡夫俗子？還不是個下三流的武夫？……我不甘心又如何……」「何」字一完，氣絕而亡。

柴十郎輕輕一送，將劉雨樓屍首推下，手中劍一抖，已將血跡清除，把眼望向張有肉。

張有肉嚇得跪倒地上，屎滾尿流，叩頭哭求道：「老闆，我還不想死，我要返回高麗照顧父母，我求你放過我！求大人你放過我啊！」他把頭臉埋在地上，不敢抬起，過了半晌，竟沒聲息，抬眼一看，原來柴十郎已然離開。他大喜過望，跳起來奪門而逃，衝出門口時，項下一涼，變得輕飄飄的，像飛起了一樣，然後倒轉著，看到自己沒有頭顱的身體向前跑了幾步後倒下。

原來，柴十郎一早就割下了他的人頭，只是劍招太快，連人體的骨肉組織也還未來得及反應，但他一使勁，頭和身就分家了。

在意識快將失去的時候，張有肉聽到了客棧裡有慘叫聲，一息間，他還以為那是故鄉的呼聲。

此一役，死者包括：齊北鬼（籍貫不詳）、劉雨樓（河南信陽人）、張有肉（高麗人）、周采蓮（京郊農民）、陽月兒（京郊農民），以及發財客棧裡偶遇柴十郎遭殺害的顧客及工人二十六人。

四、好夢幻滅

未時，京郊要道。微雨。

微雨灑在密集的竹葉上，發出脆頓響聲，煞是好聽。在道路盡頭出現了一隊人馬，部分人騎著駿馬，身穿甲冑勁服，他們是京城第一鏢局神馬鏢局的鏢隊，正押送一趟「頂級鏢」，由山東蓬萊回京，祝賀國舅生辰。一路風塵撲撲，連十五名首席鏢師在內，總共五十人，護送的是山東首富馬祥從天下搜羅回來的奇珍異寶，包括一對在四川捕捉的花頭熊。

走一次頂級鏢的費用是一百兩銀，這一回，除了酬勞吸引外，無論是國舅還是馬祥，都是不能有所閃失的主顧，神馬鏢局精銳盡出，沿途幾乎無風無浪，皆因一見神馬鏢局旗幟，盜賊已退避三舍，但也不是沒有惡向膽邊生的盜賊，途經鳳凰山時，「悲情寨」的「悲情七客」就曾領著一千賊伙大舉截劫，經歷兩天血戰，神馬鏢局折損兩名鏢師及三名雜役，悲情寨則死傷三百之眾，悲情七客中二人亦被梟首。神馬鏢局並非浪得虛名。

鏢頭是一個青年，樣子平平無奇，雙眼細小，卻一臉英武之氣，肌肉虬結，在雨聲竹影下行進，心情愜意。忽然，他揚起右手，煞停人馬，只見前方一個較爲開闊的林間空地上，鏢隊的探子連同坐騎，均被齊腰斬斷，屍體散落地上，鮮血流了一地，更遠處，站著一個穿著尋常劍舞師服飾的男人，拄劍立在道中。

青年拱手道：「神馬鏢局趕路，若有冒犯，懇請諒宥。在下姚木平，敢問閣下高姓大名？」說話之時，他聽得身後幾名鏢師按動兵器的聲音。

只見那人將眼閉起，一字一句地道：「我是柴十郎，一百年後仍被人記住的大魔頭！」

幾名鏢師笑出聲來，其中一個道：「這傢伙跳劍舞跳傻了，老子是你一百年後的漢子呢，還不快來舔我命根？」部分劍舞師喜以女性化打扮，有時會遭流氓嘲諷。

姚木平道：「休得無禮——」

「禮」字未完，身影晃動，鮮血四濺，那鏢師竟已身首異處。柴十郎一個翻身，回到剛才站立位置，沒有人知道他剛才是如何出手的。

嚓嚓連聲，其餘鏢師已各舉兵器，姚木平怒喝一聲，身先士卒，舉刀向柴十郎撲去，各鏢師分從四方八面掩至，形成合圍之勢。柴十郎舉劍擋架，被姚木平刀勁逼至眾人核心。眾人站定，姚木平怒道：「你到底是何方神聖？」

一個鏢師道：「我記起了，他是曾經當紅的柴錦衣，我只道他只會花巧的舞藝，想不到也有兩下子。」說得輕描淡寫，卻是凝神戒備。

柴十郎並沒理他，笑道：「小子好強的力度！只可惜……」

「可惜甚麼？」一個鏢師道。

「可惜你們今天通通都是死人了！」

三個鏢師大怒，兩人舉劍，一人使狼牙棒，向柴十郎攻去。寒光一閃，柴十郎舉劍相迎，不到一盞茶功夫，三人均已死於劍下，餘下十一人不敢輕舉妄動。

只聽姚木平忽然對眾鏢師道：「各位大哥，請容許小弟冒犯，這位柴先生就由我來應付，請各位帶鏢離開，向我岳父交差！」

岳父？柴十郎心下一怔，難道眼前這青年就是中午時發財客棧店客討論的人？那個在客棧睡在糞坑邊，試過行乞掏糞，最後成爲鐵無錢入贅女婿的年輕人？

一個鏢師道：「不可以，你若有何不測，我們如何向鐵大哥交代？」話音剛落，他與另外九個鏢師似有默契般，向柴十郎圍攻。

柴十郎以一敵十，見招拆招，覷準機會，連挑三個鏢師於劍下，餘下七人，調整陣勢，繼續施以猛攻。面對的都是一等一高手，柴十郎稍感吃力，手臂處被劃下兩道口子，他輕喝一聲，將劍平伸，劃出一道圓弧，迫開眾人。

眾人未敢輕舉妄動，忽見柴十郎展開舞步，逕自優美地跳起劍舞來。

「小心！」姚木平驚叫，只見劍光起處，又有一名鏢師倒下，他眉頭一皺，托地跳到柴十郎面前，舉刀力砍，喝道：「我以鏢頭的身分命令你們，立即帶鏢隊離開！」

六個鏢師面面相覷，其中一個較爲年長的一點頭，六人一同下撤，拱手道謝，跳上駿馬，押鏢加快離開。卻有一名老年雜役留在現場，低眼垂眉，站在竹林下。

姚木平以力量牽制柴十郎，一時之間鬥成均勢。一炷香後，姚木平力量漸衰，柴十郎見時機已到，劍向前伸，直指姚木平胸肺，姚木平向左一避，劍刃在臂上割了深深一道口子，鮮血直流。也不見姚木平露出痛苦神情，掄起大刀，又向柴十郎頸項劈卜！柴十郎一怔，閃身避過，找個空隙，在姚木平另一條臂膀處又砍下一劍。

兩臂均已中劍，血流如注，然而姚木平似沒感覺一般，一聲暴喝，躍身而起，借下跌的衝勢向柴十郎舉刀直劈。柴十郎一蹲身，舉劍上指，向姚木平大腿插去，姚木平以刀擋架，兩人刀劍相擊，姚木平縱有力量，仍被柴十郎深厚的內功震倒地上。柴十郎得勢不饒人，使出一招「流星如雨」，以意想不到的速度在剎那間攻向對手身上四十五個穴位關節，剛站起身的姚木平卒不及防，照單全收。

換了尋常人物，在中了這幾招後必然痛不欲生，能夠選擇的不是落荒而逃，就是引頸就戮，但姚木平似是不痛不癢，繼續舉刀攻向柴十郎。柴十郎暗自吃驚，一閃身，在對手背後又割一劍。姚木平轉身，竟不理會對方後續攻勢，橫劈對方下盤。柴十郎避開，小腿被輕輕劃了一道痕。

兩人再交手了數十招，姚木平全身上下已傷得體無完膚，迄自奮力抗敵。柴十郎見他露出多處破綻，正要一招殺敵，就在這時，遠處飛來一把匕首，柴十郎跳開閃避，匕首「篤」地插在一杆竹子上，一個嬌弱女子已出現眼前，扶住了立足不穩的姚木平。

只聽那女子哭喊：「死木頭，死木頭，你爲甚麼這麼蠢？明知敵不過他，也要留下來！」她轉頭對柴十郎怒道：「你這殺千刀，我老爹一定不會放過你！」

柴十郎猜想眼前這女子就是鐵無錢女兒，長相也是一般平平無奇，不似大家閨秀，只是沒別人所形容的醜陋。他一抖手中的劍匠胡十，將血抖淨，持劍不語。

姚木平站直，擋在妻子前面，「琴兒，這是我第一次身爲鏢頭帶鏢，我同爹爹說過，這次一定要成功完成任務，就算死，我也不想你被人瞧不起，不想你被人家說看錯人……你放心，我不會死，只要有一口氣，我都會復元，我是天生沒有痛覺的人，有甚麼可怕？」

姚木平，生於陝北農村，父親是挖煤工，母親天生失明，身世卑微，卻有遠大志向，自少愛聽英雄故事，尤其張龍生等人的傳奇，嚮往武俠生活，在村裡跟一個隱居的江湖中人學了些武術基本功。弱冠後前往京城，一心成爲鏢師，光宗耀祖。大武俠時代已過，平頭百姓難憑武功獲得社會地位，捕快體系被朝廷中人把持，如沒背景難望出頭，而劍舞師等更要求參與者有俊朗外貌，以姚木平一介山野粗人，也只有成爲鏢師才可望名成利就。離開農村時，他沒任何盤纏，每到一處地方就靠打散工賺取微薄工錢，攢夠路上用度就前往下一個城鎮，三年後才去到京郊發財客棧安頓。他自小就患上一種罕見怪病，全身沒有痛覺，哪怕筋斷肉裂，也絲毫感受不到，在赴京路上曾遇毛賊，被狂砍六十九刀，幾乎喪命，只剩一口氣，在路上捱了三天，終被一位路過的仁官施救。

抵達發財客棧後的故事，就正如店客所傳言一樣，他獲准免費在糞坑邊暫宿，條件是清理糞坑，將穢物抬至周邊村子的糞池；他不但試過在街頭行乞，更曾爲搶吃一塊被撒過尿的饅頭而頭破血流；他不單止要幫嫖客倒洗腳水，甚至遭過變態客人脅逼，去雞姦一隻狗。歷盡屈辱，終獲神馬鏢局一個管雜役的頭兒看中，招攬到局內，在馬廄做打雜。只因神馬鏢局中人不少都是武俠階級末裔，仍有點俠客遺風，見他工作勤懇，好學上進，遂破格提拔爲下級鏢師，後憑努力獲擢升爲小鏢頭，機緣巧合下與鐵無錢之女鐵琴香情投意合，入贅爲婿，獲刀斧雙絕的鐵無錢親傳刀法。

鐵琴香哭道：「你知道我在鏢局裡焦急地等你回來嗎？我越等越發不安心！早早從鏢局跑出來迎接，不料卻遇上散敗的鏢隊，知你出事！我求你，逃吧！趁現在還有機會！」

姚木平力氣已衰，反問道：「難道……難道李大哥他們的家人……不一樣等著他們回家吃飯嗎？」他望著腳下一具屍體。

鐵琴香道：「好，你不走，我幫你！」也不等丈夫說話，抄起柳葉刀，向柴十郎攻去。

柴十郎不虞有此一舉，急忙避開攻勢，劍指鐵琴香背後破綻。

「喝！」姚木平掄刀直取柴十郎，替妻子解圍。

姚木平已是強弩之末，鐵琴香功夫也是尋常，柴十郎用劍招將兩人逼在一起，正要使一招「仙鶴展翅」，將兩人斬於劍下。

「柴兄弟，看在老兄份上，請放他們一馬！」

一把蒼老的聲音響起，尋常人聽來也許平平無奇，但柴十郎卻聽得耳朵轟鳴，一怔之下，姚木平夫婦前已站了一人，是剛才鏢隊離開時留下來的老雜役。但見他佝僂身子，似極爲衰弱。

柴十郎看得眞切，大驚失色：「『秋月露』歌舒刀？」

「甚麼？」姚木平與鐵琴香同聲驚呼。他們對歌舒刀的事跡早有耳聞，怎也想不到鏢局裡一個老雜役、那個與姚木平一起管馬廄，聽他訴說理想的糟老頭，竟是曾威震一方的俠士？不禁半信半疑，難以置信。

歌舒刀是大武俠時代末期，比四俠更早成名的高手，喜愛獨來獨往，與四俠高調的作風迥異，他喜好飲一種叫「秋月露」的酒，那種酒酒液晶黃，據說來自西域。

「柴兄弟，自從一別，已近廿載，別來無恙？」

柴十郎道：「我簡直不能相信自己的眼睛。」

「我自己也不相信……」

「想不到二十年前沒殺你，今日卻要來個了結……」

歌舒刀道：「老夫死不足惜，只可惜這位姚兄弟，他一生卑微，這兩年才交上好運，放他們一馬，可以嗎？」

柴十郎冷冷地道：「你還記得我們當年對話的內容嗎？」

「你說過，終有一天，要做一件大事，爲後世所記住……就在今天嗎？你說過，如不能留芳千古，就遺臭萬年，看來你想做一個壞人？」

柴十郎微笑不語。

在殺敗四俠之前，柴十郎找到歌舒刀。歌舒刀使虎豹雙刀，柴十郎使劍匠胡十，兩人幾乎沒說過一句話，對戰十日十夜，打得日月無光，最後不分勝負，雙方有默契地休戰。歌舒刀請柴十郎喝酒，把酒聊天，無話不談，前者喝得酩酊大醉，醒後已不見後者蹤影。

歌舒刀再次懇求道：「我希望你放過這位小兄弟及少主，可以嗎？……你不覺得這小兄弟跟你出身很像？」

柴十郎沒回應，與歌舒刀對視。

寒光一閃，柴十郎快劍已攻至歌舒刀面前，「嗆」的一聲，歌舒刀竟用手臂擋架，氣勁爆破衣袖，只見歌舒刀臂肘處竟現出刀鋒，那刀鋒與他連成一體，嵌入骨肉之中，筋肉亦已長在刀鋒上面，煞是恐怖。

柴十郎彈開，訝道：「你？」他認得刀鋒上刻著的豹子和老虎，那是歌舒刀的配刀。

歌舒刀苦笑了，「老朽持刀的手已廢了。十大門派隱跡、四俠死亡後，大武俠時代的遺落只剩下我一個，皇上派出當年歸順朝廷的高手一同出手，將我打敗，卻不殺死我，而是由神醫仇雙飛動手，拆開我臂骨，再將我的刀改裝，鑲進臂骨裡……我每日受盡痛楚煎熬……只要我想將刀拆下，就會連動筋肉，痛不欲生……自殺吧？卻原來我怕死……現在我只是苟延殘喘……」

柴十郎仰天大笑，「笑話！笑話！你這個昔日的大英雄，竟落得如斯下場，笑話！我更不忍見你生存世上！」又掣劍攻去。

歌舒刀舉臂擋架，每擋一下，痛楚震入心肺。姚木平見狀，立即振作精神，撲上前協助。

於是，一個沒有痛覺的青年，一個對痛楚極度敏感的老者，同時去抵擋一個誓要成為大魔頭的狂人，在竹林間再度掀起腥風血雨，一招一式都驚心動魄。

鐵琴香牙關一咬，跳入戰圈，奮力抗敵。

鬥了幾個回合，只聽柴十郎大喝：「著！」背對三人，跳出戰圈。

「啵」的一聲，姚木平肚膛破裂，腸子外溢，鐵琴香連忙抱住夫君。姚木平仍有意識，擠出一絲微笑，卻見妻子的額頭慢慢裂開，他不禁心痛流淚，伸手撫摸妻子臉頰，兩人相視一笑，相互摟抱，「篷」地跌在地上，已然斃命。

歌舒刀雙臂已被齊肩斬斷，鮮血直流，卻感到說不出的舒服。看著向鏢隊離開方向追去的柴十郎，他回憶起二十年前，正值武藝巔峰之時，被年輕的柴十郎找到的情景。大戰十日十夜後，事實上是他要求休戰，因為他知道，再打下去，戰敗的必然是他。他還記得，兩人那晚的對話，他還記得，他自己是如何在這年輕人面前示弱：

「柴兄弟，老兄告訴你……呃……英雄，也有疲倦的時候，天下對你有期望……你就得去滿足那些期望……去生存。我不是外間所講的獨來獨往……我只是一個象徵，我背後是整個利益集團……那些老頭兒……往往安排好，要我殺甚麼人，我就去殺甚麼人，我沒有自由，我只由一班不想大武俠時代結束的老頭兒操控，我和四俠一樣……我只是出面人物……呃……酒，再飲！我的一舉一動，都受到老頭兒的掣肘，行事要他們決定，我只能不停做好，若我做得不好，滿足不到百姓的期望，聲勢一失，他們就會找人取代我……我寂寞你知道嗎？」

想到這裡，他安詳地坐在竹子下，等待死亡，漸漸消失的聽覺，彷彿能夠聽到遠處的廝殺和慘叫聲，也許只是錯覺吧？

同一時間，京城近郊，柴十郎已追上鏢隊，花了半刻功夫，將餘下六名鏢師及三十多個走卒雜役殲滅，不留活口。

雨開始大了。

此役死者包括：歌舒刀（甘肅人）、姚木平（陝北人）、鐵琴香（京城人）、來自各地的鏢師、小卒及雜役共四十八人。

五、大開殺戒

二十多年前，天山餘脈下一個隱蔽的山谷之中。

羊群正發出不安叫聲。

「殺我……求你……殺我！」齊北鬼衰弱地向柴十郎哀求。

柴十郎見齊北鬼神情痛苦，血流滿地，忽然之間，像觸動到心靈隱痛，想起了父親，想起了父親看到母親被姦殺時那種痛苦，那情境引導他雙手，他像著魔般，舉起劍匠胡十，劍尖朝下，牙關一咬，一劍向齊北鬼咽喉刺將下去！

豪光暴發！齊北鬼的劍氣竟自動湧現，將他團團圍住，柴十郎的劍只能刺中劍氣，像刺到銅牆鐵壁般，被反彈力彈開丈遠！

劍氣又捲起樹葉枯枝結成人形，擋在齊北鬼與柴十郎之間，然而人形結構極不穩定，不停蠕動。

只聽齊北鬼道：「劍氣已不受控了，它已彷彿有生命一般……難道我想死也不可以？」不禁苦笑失聲。

柴十郎站定，拱手道：「前輩，我會想法子找些丹藥過來幫你調理，請你不要再尋死了！」一咬牙，轉過身，領著羊群離開。

那一夜，柴十郎主動找靈樹子，央求他給予一些續命丹藥，靈樹子開出條件，就是要柴十郎供他淫辱三個夜晚。第四日，當柴十郎拖著疲憊不堪的身軀，帶著丹藥去找齊北鬼時，只見齊北鬼正以腳趾勾著一棵大樹樹枝，倒吊如一隻蝙蝠。柴十郎走近，但見他已經恢復過來，體形雖不似剛從棺材裡站起來時那麼巨型，卻也威猛高大，只是眼珠已失，復元不過來了。

齊北鬼似感到有人到來，一個翻身，抽出懷中羊骨，逕向柴十郎攻去。柴十郎不虞有他，連忙抽出佩劍擋架，顯得左支右絀，只是片刻也就明白，齊北鬼並無意傷他，反而是有意傳他劍招。鬥得十來個回合，齊北鬼向後一跳，站在樹枝上，問道：「小子何名？」

柴十郎拱手道：「晚輩柴十郎，江北人士。」

「柴十郎，好普通的名字。但你的劍意並不普通，我感受到憎恨、暴戾和決絕的氣息，你彷彿要殺滅天下人似的。」

「晚輩不敢。」

「那是你自己也不知道的意識，就像河床一樣，你站在河岸上，看不出個所以然來。」

柴十郎被說得有點發抖。

「不過，你就是我要找的人……我齊北鬼雖貴為蒼狗劍皇，甚至可以駕御劍氣，但我已經走火入魔了，我已經不是我自己，清醒的時候不多，我想殺自己也殺不了，只能將自己長埋此地……小子，不知是你走運還是我走運，我覺得你是我所遇到唯一一個，有可能殺得死我的人……從今日起我就傳授你劍招，能學多少，就看你造化了！」「喝」的一聲，這次齊北鬼不再親自出劍，已是以劍氣驅動殘枝枯葉，組合成一個十丈高大的巨型人形，形態堅實，來勢洶洶，向柴十郎進攻。

柴十郎不敢怠慢，縱高躍低，與巨人對戰，鬥得一陣，一下失手，「轟」的一聲，被巨人巨掌壓在峭壁之上！他感到無窮盡的壓力從巨掌傳來，擠壓得他透不過氣來了，向齊北鬼大聲呼救，卻遠遠瞧見剛才還是一臉宗師神氣的齊北鬼，此刻卻露出奸惡神情，轉過身去，毫無施求之意！他叫得一聲苦，內功快抵擋不住，背後峭壁已有碎石剝落，情急下用盡吃奶之力，用劍猛戳巨手，力度立遭反彈！求生本能激發他的機智，靈機一動，卯足勁力，將佩劍擲向遠處齊北鬼後頸，力道之勁，足以將一個普通武夫的首級齊項割斷！

柴十郎的應變取得成效，壓著他的巨手消散，劍氣集結在齊北鬼身後形成無形幕牆，擋下利劍。只見齊北鬼不知所以然地大驚回頭，看到柴十郎從峭壁上掉下，像見怪物一般，一臉惶恐，抱頭鼠竄，逃到一處草叢後，偷偷張望。

「原來他又失常了……」柴十郎跌坐地上，喃喃自語。他猶有餘悸，大口吸氣，心下暗驚，若不是自己及時想到解救方法，這一刻他已是一個死人了。

死亡，絕對是一件可怕的事情。

死亡本身就很可怕，如果是大規模死亡，更會是一個傳奇。一個由人類天性的恐懼所造成的傳奇。

齊北鬼血洗十村的故事廣泛流傳，在民間傳說中，齊北鬼戴著一副黑狗面具，拿一把叫蒼狗骨的兵器，有人說那是劍的名字，有人說那是一條大狗骨，更有人說那是他父親的脊椎骨，也許他根本沒有兵器，用的就是劍氣。血洗十村死去的人也沒有確數，有人說一千人，有人說兩千人，總之，那十條村落所在之處血流成河，屍橫遍地，至今土壤仍然是血紅色，腥臭終年不散。

柴十郎在殺滅神馬鏢局鏢隊後，決定在就近三條村莊進行大屠殺。唯有用這種極端殘暴不仁的方法，他才可能成爲傳奇。他在心裡早盤算上萬次，「劇本」也已準備好，只等一個實現的時機。

今天，就在今天。

金屯村。人們正在享受愉快輕鬆的日子，悠閒富裕的村莊，房屋櫛比鱗次，微雨時節，雞犬相聞，充滿詩意，當大街東出現第一個死人後，卻拉開了變成活地獄的序幕，灰黑色的石板路，被血染得殷紅。

柴十郎的決定，毀滅過千生命。

哭喊之聲震天，殘肢斷體遍地。場面的恐怖，連幾條大黃狗也嚇死了。他一心一意殺人，一心一意要成爲武林傳說和時代的開端，他見人就殺，不留活口，上至百歲老人，下至剛生嬰孩，殺，他媽的殺，一劍殺不死，再砍一劍，第二劍總能把人殺死，殺不死也活不過一炷香時間。

面對這大魔頭的肆意殺戮，平凡的村民，在生死關頭顯出人性光輝，以及作爲夫、妻、父、母、兒孫和朋友的勇氣：已被斬去雙臂的丈夫撲上前替妻子擋劍；父親的半邊頭顱已被削去了，仍抱著女兒沒命奔跑；雙腿已被砍斷的妻子抱著大魔頭的腳，不容他去殺心愛的丈夫；幾個母親一同抱住大魔頭，好讓小孩子四散躲藏；兄弟姊妹幾人一個個倒下，拼死守候行動不便的父母。

可是，任何偉大的愛都敵不過柴十郎的劍，對親人的萬語千言都變成了鮮血流淌的聲音。

只半個時辰，柴十郎就將京郊金屯村、石子村和楊家村的人口殺個精光。三條村幾乎沒人懂武功，禁武令使得百姓好鬥的本性給鎮壓下來，有助朝廷的管治，卻也使得百姓變得麻痺大意。

當柴十郎在楊家村斬下最後一個村民的頭顱時，他終於感到累了。這三條村都是比較富裕的村落，每個村落有近三、四百人口，一直是附近村民嚮往之地，不少農家女千方百計都想嫁到這三條村去。此刻，三條村的人都死光了，所有快樂與悲傷，所有夢想與怨恨，所有記憶與嚮往，都被柴十郎的劍劃破了。一切都只是浮雲。

柴十郎抬頭看天，雨稍霽，烏雲中探出了太陽，他忽然感到悲傷，那種悲傷亙古已有，他流下眼淚，抽泣起來。他將頭埋在手臂之中，雙肩聳動，良久不止。

已經沒有回頭路了。

這條路一定要走到終點。

「叔叔不哭……」

竟響起一把童稚的女聲！柴十郎大驚，抬頭，眼前站著一個小小女童，憨憨地笑著，遞給他一張手帕，她後面的路邊，有塊木板，木板下的坑渠口有腳印，一直延伸到小女孩站立的位置。原來她一直藏在去水道裡。

「叔叔不哭，手帕。」女孩只有三、四歲，笑道。

柴十郎驚訝得不能說話，怔怔忡忡地瞪視著眼前女孩。女孩縱使天性單純，但看到他那對如野獸的眼睛，也不禁嚇得退後一步，就要放聲大哭。

劍光一閃。

柴十郎抹抹臉上鮮血，淒厲地大叫一聲，向著城門方向疾奔而去。

他發現，殺人竟開始帶給他驚人的快感。他狂笑起來。

下一個目標：公孫大娘劍舞班。

「哈哈哈哈哈哈……」狂傲的笑聲連續不斷。

此一役，死者包括：金屯村三百八十七人、石子村四百一十人及楊家村二百七十七人。

六、殺人快感

經過連日相處，柴十郎總算摸清了齊北鬼的狀況。看來齊北鬼走火入魔的傳說是眞的，他彷彿撞邪一般，可以在毫無先兆的情況下由一種個性轉變爲另一種截然不同的個性，甚至隨個性變換而改變體形、面貌。他知道齊北鬼也不能自控，只要意識到出現那種狀況時，便會痛不欲生。

柴十郎總共遇到七個不同的齊北鬼，要命的是，每個齊北鬼都是武功高手，稍有不愼，必然死無全屍。他本想放之任之，轉念一想，這是增強武功千載難逢的大好機會，何不認眞學藝？他千方百計、抓住每一次機會學會了跟七個不同的齊北鬼相處，認清每個劍皇的特徵和性格，以免閃失。同時，他也開始在對方身上學習武藝劍術，並不是每個齊北鬼都願意傳授他武藝，只是透過接觸，他總能學到一招半式，再憑悟性領會當中奧義。

面對七種性格的齊北鬼，他就好像有七個師父一樣。

本性的齊北鬼，是那個身軀巨大、生吞羔羊的嗜血狂人，喜怒無常，一拳就能將柴十郎轟到老遠，像隨時都會置人於死地似的，令人畏懼。這個齊北鬼，力量最強大，劍法最凌厲，剛柔並濟，儘管他願意傳授武功，但柴十郎只受過他親傳三招，只是這三招，已受用無窮；

第二個齊北鬼，卻又膽小如鼠、瘋瘋癲癲、油嘴滑舌，怪鳥的一聲叫，都能令他嚇得躲在柴十郎身後哭泣，只是肚子餓的時候，又可以拿起一根樹枝，向上一擲，將十隻亂飛無序的蝙蝠串連一起，跌落地上；

第三個齊北鬼，陰險毒辣，刁滑奸詐，與他交手，招招奪命，還要提防他的詭計。有一次柴十郎中計吃下毒藥，生死攸關，幸好第四個齊北鬼及時出現，他才得以活命；

第四個齊北鬼，顯出一代武道宗師的氣派，說起話來條理清晰，博聞強記，意見中肯，只有他會正正經經傳授柴十郎劍術，只有他會指正柴十郎從其他齊北鬼身上學來的武功，令其學藝事半功倍；

第五個齊北鬼，卻是老頑童模樣，曾經要求柴十郎做鞦韆給他，又經常要柴十郎扮馬給他騎。他又喜歡與羊兒玩耍，只是糟糕的是羊兒，柴十郎還可以防備，羊兒卻萬料不到前一刻還當自己是寵物的人，後一刻就扯斷自己的頸項；

第六個齊北鬼，是個愛挑剔的長舌婦，「她」將江湖的眞實面貌描述得淋漓盡致，柴十郎由此了解到武俠階層的腐敗。「她」最喜歡肆意踐踏柴十郎的自尊心：「你這個撿牛糞的鄉下人，還想成爲大俠，呸！你不信鏡子也撒泡尿照照！」

最後一個齊北鬼是個安詳而衰弱的老者，他不喜歡說話，只靜靜地坐著，傾聽山林的聲音，蟲鳴鳥叫，獸走禽飛，每個生靈都有獨特的聲音。有一次，他開口要柴十郎帶給他一架古箏，柴十郎依言帶來了，齊北鬼操弄起來，有如彈珠之聲，聲聲悅耳，只要進入這種狀態，齊北鬼就可以安撫躁動的靈魂，一直到次日醒來爲止。

這個齊北鬼最愛彈奏一曲《高山流水》，當年俞伯牙與鍾子期因此曲而成忘年之交，久而久之，柴十郎也記住了此曲音韻，向他請教了彈奏之法。有一次，他被其他齊北鬼攻至陷於絕境，立即抱箏奏起此曲，喚醒箏師齊北鬼，才免於受戮。

柴十郎面對的是時而暴戾，時而瘋癲，時而身體膨脹，時而萎縮乾枯的齊北鬼。每一種性格、每一種體態，所使出的劍法和武功都不同，短短一個時辰的應對，柴十郎就像輪番與幾個高手交戰一樣，身心俱疲；有時，柴十郎劍走偏鋒，在即將擊中齊北鬼之時，齊北鬼七種性格同時變成劍氣，透過樹葉枯枝化成人形，抵擋柴十郎。如此鍛鍊了一年，經歷數之不盡的險死還生，柴十郎功力劍法突飛猛進。

那個山谷，本來是柴十郎與二師兄小火兒的祕密花園，那裡有他們的血和汗，只是事有湊巧，自齊北鬼出現後不久，小火兒被雲端眞人帶去京城參加武林大會，好像做了些出格的事，據說是在朝廷命官前數落武俠的虛僞，回來後被師父禁閉一年，面壁思過。

一年後，小火兒出關，對柴十郎的態度已截然不同了，忽然就冷漠了很多；他雖然也曾經到過山谷，但齊北鬼必然躲藏起來，並未得見齊北鬼。柴十郎知道齊北鬼在監視他們，爲保護二師兄，使他對對方的態度也顯得拘謹，無形中，師兄弟兩人之間差生了隔閡與誤會，後來他們更爲了一個叫慕容藻的女人而決裂。小火兒下山後，也許嗅到了大武俠時代即將終結的氣息，不理家族反對，投身捕快體系。

柴十郎繼續一邊向雲端眞人習武，一邊又向齊北鬼學藝。再過一年，齊北鬼完完全全變成那沉靜撫箏的安詳老頭了，只是也有一次，被柴十郎劍氣刺激至覺醒，他只說了一句話，之後二十年來都沒有再覺醒了。那句話是：

「小羔羊，當你悟道時，你要記住，你殺的第一個人一定要是我——齊北鬼！」

四俠都是被逼退隱的，造成這個局面的人是柴十郎。如果可以重新選擇，柴十郎也許就不會那麼做了，至少也要等到自己成名。但歷史不會重來，柴十郎一人之力也不可能挽回歷史大勢。那時，整個武俠階級其實都已腐壞不堪了。

在與歌舒刀決鬥後，柴十郎決定要將四俠一一殺敗，他首先找到的是張龍生。交手的結果是，張龍生的凝血劍不但被砍掉一半，連其充血的命根也被斬斷。

成名以來，張龍生便利用其大俠身分去謀取自身利益，他幾乎已不會再關注哪裡有奸要鋤、哪裡有惡要懲，只因捧著錢要他去殺「壞人」的委託者不絕如縷。

不少達官貴人、富賈豪戶都知道，只要有錢，就可使得動這位大俠。這些高官富豪一定有仇家，仇家之中一定有被百姓所唾棄、江湖欲除之而後快的人物，只是江湖上那麼多邪奸巨惡，甚麼時候才能殺光？縱然俠蹤處處，也不知要等到何年何月，自己的對頭人才會被大俠盯上，只怕大俠未盯上仇家，自己已被謀害了。因此，花錢請張龍生去殺仇家，是高官富豪圈子裡流傳的祕密，由於利益環環相扣，這祕密，一直沒人揭破。

當然，就算你的仇家不是壞人，是大好人，只要請得來張龍生，他總有辦法將那人變成「壞人」。人們都知道，張龍生只會殺壞人，被張龍生殺死的人一定做過傷天害理的事。張龍生有一班

「媒客」，靠那班「媒客」，將他的事跡美化，到處宣揚，買通說書場編造英雄故事，花錢請人排演仁義事跡的戲劇，便能夠將黑說成白，將白說成黑。這，也就是張龍生收取高價的本錢。張龍生也沒有甚麼咯血病，說自己有這個病，只爲增添傳奇色彩而已。

錢賺得越來越多，錢財對張龍生的吸引力便越來越弱，但有一樣，是永遠能令他趨之若鶩的，就是女色。張龍生一日不可無女人，只要找到一個天姿國色的處女來，張龍生一定能把事情辦好。

對於歌舒刀，柴十郎還抱有一點敬意，對於張龍生，他卻是鄙薄之極，他不願多費唇舌，只希望一招解決張龍生，解決那個間接害死他家人的「大俠」。

在張龍生剛殺敗「念玉坊主」的晚上，他放鬆警惕，正要享受委託者奉獻的三對孿生童女時，柴十郎突然出現在他面前，全身赤裸的他慌亂間舉劍出招，卻是哐啷一聲，凝血劍應聲而斷，半截斷劍去勢急勁，下身一涼，自己的生殖器竟被斷劍割斷了！一切都發生在電光火石間，當他意識到甚麼回事時，他已經成爲閹人。

一心要殺死張龍生的柴十郎想不到有此結果，怪笑一聲，絕塵而去。如此下場，也許比起殺死他，是種更好的懲罰。

一個月後，在漠北的雪夜，柴十郎斬斷了劉不言的無頭槍。劉不言在四俠中實力最強，強是來自於他那把天外精鐵鑄造的無頭槍，槍既無頭，實與棍棒無異，只因他用槍法替代棍法，招招對準敵人眉心，一招斃敵。那把天外精鐵鑄造的無頭槍卻斷了，被柴十郎不知用甚麼方法斬斷了，槍在人在，槍亡人亡，劉不言從此銷聲匿跡。江湖傳聞，斬斷無頭槍的人後來躋身十大神捕，也有人說，槍是被失蹤的齊北鬼所斬斷的。

又過了兩個月，在蜀中市廛，眾目睽睽下，柴十郎斬斷了蕭安雙手。出劍之快，連跌在地上的斷手還在繼續揮刀的動作。爲了不讓蕭安戰敗的消息傳揚開去，以免影響他在全國名下一百多家武藝館的運作，他所代表的利益集團瞬即派來高手將大街上的目擊者殺光，再嫁禍於一個人人得而誅之的狂徒，當晚將那狂徒鬥殺，梟首示眾。蕭安得以保留盛名，退隱江湖，以他名字作招徠的武藝館也得到存續，繼續招收嚮往武藝的凡夫俗子，賺取財帛，禁武後以教授捕快入門功夫而獲朝廷認可。

柴十郎唯一感到悔意的是削掉了周阿水雙腿，他到現在仍不敢面對，不敢去判斷自己到底是否故意，但可以肯定的是，他利用了對方的仁義。他還記得周阿水被砍斷雙腿後那怨恨的、充滿殺氣的眼神。

想不到的是，二十年後的今天，當這個三流劍舞師搗毀公孫大娘劍舞班的場子，殺害劍舞班三十七人及正在搭造戲棚的無辜工人二十四人後，這雙怨恨的眼睛又出現在面前。

整個大廳都是鮮血，屍橫遍地，被屠殺者的哀號聲彷彿仍若隱若現，柴十郎緩緩扭動身子，跳起一支劍舞，欲爲這場屠殺作結，就在這時，他聽到了「潑沙、潑沙」的聲響，好像有甚麼東西在爬行一樣。朝聲音處望去，只見地上有一個已失去雙腿的人在血泊和屍體形成的血地獄中，慢慢地向他爬過來。

難道剛才失手，沒有一招斃命，只是削去此人雙腿？柴十郎舉劍，便要斬草除根，然後，他看到那人雙眼，那雙他永遠不會忘記的眼睛。

周阿水的眼睛。

柴十郎早就聽說過公孫大娘劍舞班有一個「怪物」，在過場時間娛樂賓客。聽說那「怪物」大腿半截以下的部位都被斬去了，用手倒立，雙腿餘下的部分裝扮成人頭，左右擺動，說起相聲來。小孩子看到這「怪物」，常會用東西去丟，直到「怪物」裝模作樣地跌在地上，便會拍掌哈哈大笑。

難道，那「怪物」，就是周阿水？

這時，那人已爬到柴十郎身前，雙手用力一撐便倒立起來，頭在兩肩間昂起，瞪視柴十郎。

「是你？周阿水？」

正當柴十郎被眼前怪異景象怔住時，寒光一閃，周阿水腿上機關竟伸出兩把利劍，向他迅猛攻去！

柴十郎舉劍招架，兩人交起手來。

配合雙手靈活地調節高度，周阿水純熟地運用雙腿殘肢，雙刀一時像螳螂鐮刀般出招，一時又向下變成掃堂腳，動作之快，力度之猛，完全不似一個殘廢人。他始終不發一言，只以怨恨的眼光看著對方。

可是，周阿水始終已不是當年的周阿水，柴十郎也不是當年的柴十郎了。雖仍為當年的行為感到糾結，但現在的柴十郎，已不知後悔為何物，他覷了個破綻，利劍一揮，「颯」的一聲，將周阿水餘下的雙腿殘肢削去。

「嘭」！周阿水跌在地上，軀體下端血流如注。再一次被柴十郎斬斷雙腿的他，流著淚，慢慢爬到前方一具女性屍首旁。那女屍穿著雜役衣服，她，難道就是那個對他不離不棄的妻子？

柴十郎不能確切知道當年周阿水雙腿被削斷後的經歷，只因江湖上有關四俠下場的傳說都不眞實。他聽人說得最多的、可能與周阿水有關的傳說是，有一個舊時代的大俠被神捕削去雙腿，導致眾叛親離，下場悲慘，更曾經被囚在籠中當做動物般給人觀看領賞。

周阿水爲何會來京城，難道是要尋仇？

柴十郎仍記得，與「蜻蜓點水」周阿水一戰的大部分細節。決戰的場地，是南海，確切的說，是在一隻小漁艇上。

二人激戰了三天三夜，小漁艇也不知漂到何方，深夜，兩人氣力已衰，各據一端，等待最後一擊，只要誰先出現破綻，誰就得向閻羅王報到。

周阿水使的也是劍，他的武功並不比其餘三俠高明，只是他早就收到有高手要收拾四俠的消息，一早就在漁艇上守株待兔，務求利用自己熟習水性及輕功高超的優勢打敗對手，其策略確實也起到一定效果。

面前這個名不見經傳的年輕人武功確實厲害，有一剎那，周阿水起了惜才之感。

千里無雲，萬星拱照，波平如鏡。有時，不遠處，會從水中跳起一條魚兒，攪亂一片海水，很快又復歸平靜。斗轉星移，不知過了多久，小艇出現一些波動，也許正有魚群在艇下游弋。這小波動，卻足以令對峙者露出破綻，兩人正要同時出手之際，突然，小艇一陣劇烈晃動，「潑喇」一聲，一片黑影出現在柴十郎背後，一條巨鯊張開血盆大口，向柴十郎直噬而下！

「小心！」周阿水大喝一聲，縱身一躍，向巨鯊撲去，劍指巨鯊眼睛，可是突然間感到下身一輕，劇痛攻心，往下一望，兩隻大腿一半以下之處已被柴十郎齊口斬斷！

「噗」的一聲，巨鯊改勢，將周阿水一口吞下！

柴十郎剛才太專注於對手，並未察覺巨鯊出現，當周阿水改變進攻方向時，他鬼使神差，仍是使出已準備好的一劍，將對方雙腿砍下。

吃下周阿水的巨鯊，跌回海中。

看著那雙掉在艇上的腿，柴十郎立刻後悔了，他知道自己已經不可能成爲大俠，這雙腿，是他人生的一大汙點。剛才那一劍，只能用四個字形容：陰險毒辣！

海面又回復平靜，良久，慢慢地，漁艇的周圍湧現了血絲，再過一陣，忽聽「噗通」一聲，已將巨鯊開膛破肚的周阿水持劍從水中衝出，「篷」的一聲跌在艇上。他拼命咳嗽，將嗆下的海水吐出，用那雙充滿怨恨的眼睛看著柴十郎，咬牙切齒地問道：「告訴我，你叫甚麼名字？」

柴十郎終於第一次，向四俠其中一人說出了自己的眞名實性。

周阿水雙眼滿布血絲，咬緊牙關，喘著粗氣，不一刻，終因勞累及失血過多而休克了。

柴十郎點了周阿水穴道止血，將艇撐回岸邊，找來疍民照料，之後的事，他就不知道了。

那一次偷襲，一直是他內心隱痛。

此刻，面對雙腳再度被斬斷的周阿水，看到那因苦難而變得扭曲的臉容，柴十郎彷彿感到一種可怕的悔恨，這種悔恨的感覺不應該出現，只要出現這情感，他今天所做的一切就會半途而廢。他閉眼，舉劍，便要一劍將這人不像人，鬼不像鬼的前四俠一員殺死。

「慢著……」

忽然，周阿水說話了，柴十郎張開眼，只見對方的牙齒已脫落得七七八八，顯然經歷過很多他想像不到的苦難。

「柴十郎，想不到啊想不到！想不到我的腿要在你手上再斷一次，想不到我終於還是要被你殺死。」

柴十郎沒說話。

周阿水續道：「你以為我爬上『四俠』的地位容易嗎？你知道我經歷的是怎樣的艱辛？你知道嗎？你知道我必須要保住『四俠』的威望，才可保護到我們疍民不受海盜侵襲、不受官府壓榨、不受惡霸欺侮嗎？」

他守護著妻子的屍首，為她抹去臉上的血跡，「結果，就是我的仁慈，就是你這小人的陰險行為，不但令我失去雙腿，也令數千疍民失去屏障，終日飽受欺凌，流離失所……你以為我與其他三俠是一路是不是？我呸！最後啊！我也被利益集團所拋棄，連僅餘可以使用的武功也被廢，我流落異地，一直靠行乞度日，只有……」他輕輕撫摸妻子的臉，「只有妻子對我不離不棄，這個人啊，這個陪伴了我幾十年的人，剛才，你連看也未看一眼，剛才，你的劍鋒輕輕一劃，就將她殺了……看到那情景的時候，我已來不及救她，我不知做甚麼反應好……柴十郎，你知道，你是一隻魔鬼嗎？」

柴十郎胸腔起伏，仍是不說話。

忽然一陣火光，不知何時，周阿水已手持一支火折子，慢慢移向胸口處，一條火藥引嚇然入目！

「我的身體一直綁著炸藥，只等那一天找到機會，就與你同歸於盡，今天時候到了！」

周阿水說著點燃藥引，撲向柴十郎，一把將他抱住！

轟隆！

經過大屠殺的公孫大娘劍舞班大廳，又被烈性炸藥炸毀，眞眞正正成為了地獄廢墟，也成為後世傳說中經常出現厲鬼的地方。

柴十郎沒被炸死，在炸藥爆發前一刻，他已掙脫周阿水，躍出大廳。他頭也不回，離開現場，把握時間，闖進江南花醉人劍舞班場子，殺光在場四十八人，又趕到東瀛櫻刀浪人的櫻花館，將八十三人一一宰殺，包括那個崇拜他的領舞者眞由子。他又找到周圍大小劍舞班，展開大屠殺。

京城劍舞界從此一蹶不振。

這一役，死者包括：周阿水（南海疍民）、公孫大娘劍舞班七十一人、花醉人劍舞班四十八人、東瀛櫻刀浪人劍舞班八十三人，以及十七個大小劍舞班共兩百多人。

七、泯滅人性

申時，雨已霽。

京城西街，趙不歸府邸。

大宅雖已有點破舊，但仍保留過去曾經興旺的印記，中秋節正日，大宅張燈結彩，洋溢歡慶氣氛，奴僕進進出出，張羅晚上的宴會。

大廳中，剛吩咐完下人辦事的趙不歸，有點勞累的坐在太師椅上，沏一杯茶，呷上一口。他嘆了口氣，閉上眼。眼睛一閉上，彷彿就看到了過去那風光的日子。作爲舊時代最後一批武俠之一，即使名聲只局限於京城一帶，其俠骨義膽卻令人敬重，使他過上比起實際能力更優渥的生活；在武俠被取締後，捕快體系尚未成熟，不少邪魔外道趁機搗亂京城，趙不歸更曾擔任「義務捕」頭領，負責其府邸所在區域的治安，因成績卓著，獲皇上頒發牌匾表揚，而那塊牌匾好比一道令符，驅邪趕鬼，保證了他往後生活的安穩。

趙不歸抬頭看了眼那塊寫著「急公好義」的牌匾，不禁又嘆口氣。時代不同了，他們這些過時的武俠已沒人記得，年輕人崇拜的是各大捕快，只有成爲捕快，才能名成利就。不過，還是有一些念舊的人。在今天中秋節的晚上，趙府招待的就是當年曾追隨他的武俠和義務捕，而宴會同時也是慶賀他六十三歲壽辰。

很多記憶都已模糊了。也許，對著那些以前曾一起出生入死的伙伴，可以更容易憶起當年那豪氣干雲的日子吧！大杯酒，大塊肉，快意恩仇，江湖事江湖了。大武俠時代已一去不返，一切都已蓋棺定論，而日子就這樣平淡地過下去吧，當百年歸老後，歷史的風一吹，他這粒沙子就不會留下任何痕跡。也許，人們還會記得大武俠時代，但人們記得的只會是齊北鬼，只會是十大門派，只會是四俠，以及其他響亮的名字。

除了「急公好義」那塊御賜的牌匾外，四壁還掛著其他牌匾，一塊紅底金字的十分醒目，上面寫著「一代宗師」四字。

趙不歸苦笑。宗師個屁，武俠階層也只是局限於自己的小圈子，一旦脫離了這個圈子，他們甚麼都不是，不懂得讀書，不懂得種菜，沒經世濟民的才能，也沒能工巧匠的本事。武俠階層也只是時代的產物，時代創造出一個戲台，這個戲台上的人得天獨厚，靠武力就能糊口，靠殺人就能揚名，受人敬仰，名留青史。

也許，他們家族中，只有外孫小馬兒可以有一番作爲吧？這小子天姿聰穎過人，悟性極高，凡事舉一反三，求學認眞，加之生性固執，對感興趣的學問必然查根問柢，直至私塾先生無言以對爲止；體格強健，小小年紀已膂力驚人，在他栽培下，打好了武學根基，得到其父指導，更習得一手好劍法。當然，他不想外孫步其父親後塵，做一個不出色的劍舞師，只要他加以調教，外孫一旦加入捕快體系，將來必有一番作爲，光宗耀祖。現在，他已開始爲孫兒張羅了，只等他從燕山飛羽洞修業下山，就可立即成爲捕快，獲封爲「神捕」也只是時間問題。

「阿爹！」一把聲音將趙不歸的思緒打斷，只見一個肥胖的女人站在不遠處叫他。

那女人是趙不歸的女兒趙紅樓，她後面還跟著兩個肥胖且醜陋的胖妞。趙紅樓儘管肥胖，作爲一個中年婦女，她的肥胖卻可視作一種福態，只要多看幾眼，就能發現她仍然相當美麗，舉止嫻雅，態度雍容，顯然曾是個令男人爲之傾倒的大家閨秀。可是，那兩個只有十多歲的胖妞，卻比母親臃腫一倍，渾身上下都是肥膏，不停地喘著粗氣，舉步維艱，她們的肥胖渾然天成，像一出生便是那樣似的。

趙紅樓道：「爹爹，你好像有點累呢，回房間休息一下吧，我來打點好了。」

趙不歸搖搖頭，苦笑一聲，問道：「紅兒，妳有心事？」

「只是有點……有點擔心相公，阿牛說，外面有小道消息說有劍舞班出了大事，具體情況又不是很清楚……」

趙不歸走到女兒跟前，拍拍她肩膊，「沒事的，他懂兩下子，可以保護自己……」

趙紅樓憂慮地點點頭，領著兩個女兒到廚房去了。

趙不歸正眼沒看過倆孫兒，只因實在是不忍卒睹。

獨生女兒已經四十多歲，曾經是武俠界的一枝小花，也有傾城之貌，沉魚之姿，不少豪門子弟曾拜於其石榴裙下，可是，她卻只愛自己夫君，在爲丈夫誕下兩個女兒和一個兒子後，開始發福，至如今肥腫難分。

是甚麼原因導致女兒暴飲暴食疏於武藝？是因爲生活的安穩，還是丈夫的失意？

趙不歸那個作爲劍舞師的女婿也曾經風光一時，只是無以爲繼。看來潮流是改變不了的，現在年輕的百姓已開始追捧那些埋身肉搏、展現肌肉力量的搏擊士，再過一段日子，花巧而虛假的劍舞只怕再無人問津吧？女婿在劍舞這條路上既已走不下去，即使退居幕後，開班授徒似乎也沒法子枯木逢春了。

一想起女婿，女婿就出現在面前。無聲無息地，像一隻惡鬼。要不是曾經多年相處，趙不歸一定以爲眼前的眞箇是地獄升上來的勾魂使者。

眼前的人，幾乎全身都是血汙，一臉怨氣，雙眼通紅。

趙不歸憑武俠的直覺，已猜到發生甚麼事。他苦笑一聲，「我當年第一次見到你，就感到有一天可能會死在你手上。」

趙不歸的女婿、趙紅樓的丈夫，便是柴十郎。

柴十郎不說話，舉劍，劍尖向著岳父咽喉。

趙不歸苦笑道：「可憐啊！可憐！我趙不歸天資魯鈍，儘管憑父蔭在武林獲得人尊重，也風光了幾十年，但一直沒法企望武術的最高奧義，一直都只能在山腳望向山峰，我也有怨忿，也有怒火，爲甚麼我就不能開創歷史，眞正成爲一代宗師呢？只是我最後也明白到，這就是『宿命』，每個人的宿命，是沒可能改變的……」

柴十郎冷冷地道：「廢話。」

趙不歸苦笑，將長衫脫掉，露出一身虬結的肌肉，「是的，我相信宿命，但我也不滿意宿命，我和你一樣，都一直在做準備……」「鏘」的一聲，他雙手已多了兩條精鋼鑄成的鏈子，兩頭各有錐子。他一聲喝叫，兩條鋼鏈注滿眞氣，竟筆直如棍棒一般，雙手一前一後，擺出了起手式。

柴十郎一聲不響，手中劍匠胡十直刺向岳父咽喉。

趙不歸彎腰躲過，鋼鏈攻向女婿後腦。

兩人激鬥起來。人形晃動，風聲呼呼，趙不歸身法之快，一點不似老年人，他的鋼鏈時而當槍棒使，時而當軟鞭使，剛柔並濟，招式出奇不意。只是，他又怎會是女婿對手，鬥了半盞茶功夫，噹啷噹連聲響，鋼鏈已崩裂，碎了一地。

柴十郎的劍架在岳丈頸上。

趙不歸苦笑一聲，用哀求的語氣道：「十郎，看在這麼多年的情份，可以放過紅兒和你的女兒嗎？」

柴十郎搖搖頭。

「好歹一場夫妻，放過她有何難？」

「我根本沒愛過她。」

「你眞的一點愛都沒有過？」

「要不是當年你跪下來求我娶她，我又怎會與她一起？」

趙不歸大怒，撲向女婿。

柴十郎手中劍一個轉圈，將岳丈的頭顱割飛！

「不要！」

不知何時，趙紅樓已站在大廳之中，目睹丈夫殺死自己的父親。她手捧的一盤菱角跌在地上，那盤菱角是準備給爹爹吃的。她一陣暈眩，軟癱地上，手按胸口，喘著粗氣，似難以呼吸。

她泣不成聲，「十郎，為甚麼？爹爹對你那麼好……你為甚麼要殺他？為甚麼？你們之間發生了甚麼事？」她想撲去父親屍首處，丈夫的利劍已伸到面前，她本能地向後倒退。

「今日，你們都要死。」柴十郎冷冷地道。

「你……你開玩笑？」丈夫十多天來沒跟她說過一句話，第一句竟是這般。

「就當成全我吧，你們不死，傳奇的色彩就沒那麼濃厚了。」

柴十郎不得不承認，從張龍生等人身上，領悟到如何利用人心。

此刻，趙不歸之死已無法挽回，趙紅樓喪父之痛稍稍出現空隙，一種情感上的傷痛、撕心裂肺的傷痛，迅即佔據了她內心。

「我早就知道你不愛我，你心裡一直有一個人……我知道……我知道，但你分一點愛給我不可以嗎？」

柴十郎沒反應。

「十郎，我們忘記今天的事，重新開始可以嗎？」

趙紅樓不顧一切，爬到丈夫面前。

愛，她對柴十郎是義無反顧的愛。

趙紅樓還記得第一次見到柴十郎的情景。那是大武俠時代剛結束的時期，武俠階層雖仍受尊重，但由於不能在未得朝廷批准的情況下使用武力，不少武俠爲求糊口，尋找出路，紛紛加入劍舞班，於是劍舞這種透過劍法的旁枝末技來取悅百姓的行當便開始流行。

其中一個舞者，吸引了她注意。那舞者便是已經把自己叫做柴錦衣的柴十郎。

在風花雪演舞廳，還未成名的柴錦衣只有一個形相古怪的盲眼老筝師伴奏，面對當時仍未廣泛接受劍舞技藝的高官富豪，跳出了後來風靡一時的白雪生花劍舞曲雛型。

大多數人對他的舞藝驚爲天人，他的出現，促使劍舞大受歡迎，甚至躍身成爲藝術，「柴錦衣」的名字從那時起，一度成爲劍舞的代名詞。

那一天，還是一位美貌少女的趙紅樓，在眾多貴冑公子的簇擁下觀賞了柴錦衣的演出。她看到了柴錦衣的表情，堅忍，痛苦，忿怨，冷漠，哀傷，她也看到了柴錦衣的身體，結實，剛勁，柔軟，敏捷，穩定。一見鍾情。那一刻，她愛上他了，非君不嫁。

柴錦衣得到賓客獎賞，開始組織班子，持續在風花雪演出。趙紅樓例必捧場，只要有錢在身，她都會用作獎賞，獻給柴錦衣，然而，柴錦衣從來沒有正眼望過她，從來沒有。

趙紅樓思念這個人，鬱積成病。

趙不歸心痛女兒，那時他妻子剛去世，更不想獨生女兒有任何閃失，於是找人向柴錦衣說媒，沒有回應。他親自找到了柴錦衣，跪下來，拜倒在他腳下，要求他娶自己的女兒爲妻。

在柴十郎殺敗四俠的過程中，朝廷已是蠢蠢欲動，十大門派偃旗息鼓，由地上轉爲地下，武林沉靜，他一時之間失去方向，找不到寄託，加之對偷襲周阿水一事耿耿於懷，令他更有種徬徨之感，百無聊賴下，輾轉來到劍舞風氣盛行的關西，在當地一個劍舞班落腳當劍舞師，打算謀定而後動。他很快就學會了那裡所有劍舞，又自創了幾支花樣巧妙的，結果大受歡迎，輕而易舉就成爲主舞，禁武令頒行後，劍舞開始在京城流行，他便回到天山附近的農莊，接走已沉靜在箏師狀態裡的齊北鬼，帶他到京城闖蕩。

當趙不歸跪拜要他娶自己的女兒爲妻時，柴十郎忽然想起母親，想到母親要他長大後傳宗接待的話，他立即扶起趙不歸，自己卻跪下叩頭了，叫了聲：「岳父！」他答應娶那個沒有絲毫印象的女子。

趙不歸喜不自勝，然後，他看到柴十郎的眼神，那眼神，不應存在這個世界上，那是一種很奇特的眼神，擁有這眼神的人，斷不會屈就於劍舞師這種營生。

柴十郎與趙紅樓成婚，翌年，誕下大女兒，再過一年，又誕下次女，第三年，生下了兒子柴戰馬。此後，柴十郎便不再與趙紅樓行房。

柴十郎的理由簡單，就是女色對他的劍舞演出有影響，可免則免。除了不行房外，他甚至不與她一起睡覺、不與她一起吃飯、不與她談話，更莫說有任何夫妻間正常的親密舉動。

劍舞，就是丈夫的生命。趙紅樓是這樣理解的，丈夫醉心於劍舞，也是希望她和子女受人尊敬。她實在太愛自己的丈夫了，她沒有怨言，可是，愛情和性欲都得不到滿足，她唯有在其他方面塡補自己的空虛。暴飲暴食，是唯一令自己快樂的途徑。也許她感到不安了，害怕兒女也會不理會自己，便逼著三個子女跟她一樣毫無節制地飲食，兩個女兒直吃得肚滿頭肥，她看著她們肥腫的身體，不知怎麼就安心了。兒子雖也在被逼暴食之列，只是他從小跟外祖父習武，勤於練功，消耗過大，才能保持正常體形。

此刻，面對滿身血汙的丈夫，趙紅樓在淚眼中擠出笑容，「十郎，我知道你有牽掛的人，那個人一定同你的二師兄有關……我知道，那人是慕容藻，是不是？你說是不是？我不介意啊……只要我們仍然在一起……我不管你心裡面有誰……」

「不要說了……」

「我有甚麼比不上那個女人？」

「妳沒有甚麼比不上那個賤人。」

「那你爲甚麼要如此來虐待我？你知道嗎，我的心眞的好痛，好痛……」

柴十郎沒有說話。他不想多說話，每說一句話，都是對自己決心的影響。

趙紅樓站起來，吼道：「我到底有甚麼比不上那賤女人啊！」

噗！

劍匠胡十已刺進趙紅樓心臟。

趙紅樓笑了，這一劍，似乎解脫了她十多年來的痛苦。她笑道：「十郎啊，我沒後悔過愛上你，與你一起的頭三年，是我一生……最美好……的……時光……謝謝你……當年給我溫暖的擁抱……」

她慢慢向後倒下，仰跌地上，鮮血從胸口和口腔湧出。

柴十郎看著妻子屍體，忽然覺得，妻子原來很美麗，他一直忽略了妻子的美麗。如果當初他不是愛上那個人，也許會好好地愛自己的妻子吧？

殺死岳父與妻子後，柴十郎在趙府裡大開殺戒，將十多個下人、幾個寄住的親戚，以及提早赴宴打算與趙不歸敘舊的一班舊武俠殺死。

要成為大魔頭，不能有惻隱之心，必須泯滅人性。

他找到躲藏起來的兩個女兒。

「爹爹，放過我們……」兩個女兒哀求。

柴十郎看著她們，覺得她們很陌生。

還是現在的他對自己來說，已經很陌生？

寒光一閃！

鮮血暴濺！

已近黃昏。

屋外不遠處。一個酒作坊的曬穀場。

柴十郎躺在一堆麥垛上，稍作休息。看著慢慢變成深藍的天空，他感到一陣鬆弛。最難過的一關他都過了，接下來，就繼續按照劇本餘下的劇情執行就是了。

不過，任何預先安排好的情節都會有出現枝節的時候。

他看到一隻風箏，飛進了他眼前的天空。一陣爽朗笑聲從不遠處傳來。扭頭一看，一對母子正在快樂地放風箏。那母親，大概二十餘歲年紀，皮膚白皙，身段婀娜，一副小家碧玉的模樣，從她的容貌舉止，就可看出她從小生活於小康之家，被父母視爲掌上明珠，出嫁後也得到丈夫與婆家疼愛。那小孩，四五歲年紀，一副天眞爛漫，遺傳了母親的胚子，長大後一定是個風流人物。

好幸福的一對母子。

柴十郎想起自己的母親。

也是一個樹葉枯黃的秋天，落後的農村裡，美麗的母親趁農閒時用麥稈和破紙造了隻醜怪的風箏，高高興興地拉著幼小的柴十郎，到農田之間放飛，嘗試了很多次，風箏都飛不上天，柴十郎嘟起嘴來，有點不高興了。

母親蹲下來安慰他，剛好一陣風吹來，將母親的頭髮吹亂。

柴十郎覺得母親好美。

「有風了！」母親高興地站起身，將風箏向上一拋，迎風飛起！

柴十郎拍掌歡呼。可是一陣怪風吹來，將線吹斷，風箏一直被吹向天邊去。

母親的印象也像那風箏，被風吹得越來越遠。

那麼美麗的母親，爲何要遭遇悲慘的命運？

爲甚麼？

他眼睛又落在正在放風箏的母子身上。

爲甚麼這些平凡人可以如此幸福？爲甚麼我父母就那麼悲慘？爲甚麼我和自己的妻兒不可以快快樂樂平凡度日？

爲甚麼？爲甚麼？

他做了一件自己也意想不到的事。

他躍出去，將那年輕的母親擄至麥垛中，扯光她的衣裳，瘋狂地將死命反抗的她姦汙了，然後，利劍一插，將她刺死。

那孩子看到整個過程，他嚇呆了，不懂得反應。

據說，那孩子並沒被柴十郎殺死，在三十年後的「大浩劫紀」，長大後的他集結了一股勢力，專一殺害平民百姓，反抗朝廷。傳說他有一個癖好，就是當著婦女親人的面，將她們姦殺。最後，這股惡勢力被當時所向披靡的大邪王所吞併。

此回的死者包括：柴十郎岳丈一家連親屬友人約四十人，不知名婦女一人。

八、圍捕兇星

京城鬥藝館。

擂台上，站著兩個肌肉虬結的搏擊士。手臂處繫著紅布帶子的搏擊士體型高大，氣勢懾人；手臂處繫藍布帶子的另一壯漢雖矮對方半個頭，卻也骨格精奇。

兩人只等司賓敲響銅鑼，便會以命相搏。

搏擊是一種禁止使用武器的新興競技，早年由西域傳入，近年才由檯下走上檯面。比的是力量、是近身戰的技巧，鬥的也是意志和信念。美其名曰競技，實際上是一種以命相搏的格鬥，贏的不只是獎金，還有明天，輸的也許不只是參戰費，還有生命。

司賓與三名負責裁決的教正，都是退休「將捕」，朝廷亦會派駐一名現役「帥捕」監場，以防有人使用武功，好控制場面。

搏擊採淘汰制，參與者六十四人，每日由午時比拼至酉時，決出一個勝利者，取得當天的獎金。獎金包括朝廷的賞賜、看客票資的一部分，以及賭注的抽成。

百姓安居，工商發達，財富集中，京城居民的財帛尋找出口，地下賭博應運而生。搏擊的結果有不確定性，天然具備賭博成分，既符合人的暴力傾向，也滿足人的賭性。爲了將違法賭博控制，以免財富流失，同時也容許百姓發洩暴力，朝廷批准了這原本見不得光的活動合法，甚至派駐捕快作代表，官方色彩強烈，得到朝廷推波助瀾，這也是其近年興起的原因之一。

京城鬥藝館位於北城門外，漏斗型設計，在平地挖掘一個方圓一里的巨坑，擂台搭建在中間，周邊是教正席、監場席及搏擊士席，被由下至上、一圈一圈的看客席所包圍。

今天，有傳監場的竟不是帥捕，而是十大神捕之一的「石頭人」歐陽鐵牛，大批民眾慕名而至，擠得場地水洩不通。

格鬥進行至此刻，已有五十六人被淘汰，其中三人戰死。

銅鑼聲響，第一場八強戰開始。

台上兩名搏擊士同時衝前，雙雙擊出巨掌，伸出鐵勾般的手指相互交纏抓緊，全力抗衡，臉貼著臉，咬牙切齒，各不相讓。看客興高采烈，爲自己支持及下注的一方打氣。

藍巾搏擊士忽然重心一偏，將紅巾搏擊士摔在台上，前者捶胸怪叫一聲，一腳踢在後者腰眼處。

眾人一陣喝彩，只見藍方掄起巨拳，直朝紅方頭顱轟下，說時遲那時快，紅方一個轉身，避開拳頭，一躍而起，從後攔腰抱著對方，向後彎身一個倒豎蔥，向藍方施以致命一擊。「喀喇」一聲，藍方著地，頭頸歪斜，再沒反應。

司賓上台查看，搖搖頭，宣布：「建安『飛天老虎』陳滔滔戰死，家屬獲發五兩撫恤金……」又提高腔調宣布：「山東『賽張飛』王小鐵勝出！接受各位祝賀！」

全場歡聲雷動，眼光都放在勝利者身上，幾乎沒人注意正被雜役抬走的戰敗者屍體。

歡呼聲稍歇，司賓又道：「有哪位看客上台挑戰？」

按規定，每次格鬥過後，勝利者均須即時接受看客挑戰。任何看客都可直接挑戰勝利者，只要取勝，就可取代其位置，進入下一輪，然而這情況甚少出現，並不是任何人都可以當搏擊士，沒有艱苦的鍛鍊和驚人的意志，沒有勇氣和實力，不可能站在台上。

一如所料，沒有人挑戰王小鐵。

第二場八強戰開始，紅藍雙方都是一個十尺巨人，看表面勢均力敵，可是，比拼開始不久，藍方一招就將紅方打暈了，輕易獲勝。十個雜役千辛萬苦才將紅方抬下擂台。

想來也沒人敢挑戰這個大家伙，司賓隨意問了句：「有誰上來挑戰？」

「我來！」

一個看客已跳到擂台上，按規定將上身衣服脫下，露出一身精練肌肉，並在手臂上繫上紅巾。

此人竟是柴十郎。

那藍方巨人哈哈大笑，根本不把這小個兒放在眼內，摩拳擦掌，掄起巨拳，便要將他打扁。

柴十郎待他欺近身來，右腳向下一掃。

藍方巨人立足不穩，向後仰跌，還未著地，頭頂一緊，竟已被柴十郎扯著頭髮，借勢擲向搏擊士席，將一張桌子砸個稀爛！

司賓還未反應過來，剛才輸了的紅方巨人已然醒轉，見打贏自己的對手如此不爭氣，心生不忿，拼著被罰禁賽的風險，跳上擂台來，要挑戰柴十郎。

這巨人站定，正要開口說話，眼前黑影一晃，卻已被一陣猛烈無比的衝擊力撞出擂台，直挺挺地跌在藍方巨人身上。

看客一陣眼花繚亂，只見幾乎全身赤裸的神捕歐陽鐵牛已站在台上，他的身體比剛才兩個巨人還要巨大，像看小孩子一樣，居高臨下盯視柴十郎。

「你殺人無數，已是朝廷特級重犯，聖上懸賞三百兩要取你狗頭！」

看客及台下搏擊士一陣嘩然。

「在取你狗頭之前，我就先用眞功夫來折服你吧！」

歐陽鐵牛說罷運起力量，全身肌肉賁張，格格作響。

天下十大神捕，京城佔了四個，除了此歐陽鐵牛外，還有「火地獄」孫千秋、「閃電槍」英飛帥，以及「樑上公子」侯急島，如果加上正在京城的「鈍胎」薛東東，這一刻，京城已聚集了五大神捕。神捕並非等閒之輩，憑一人之力足以翻雲覆雨。

傳說歐陽鐵牛小時候極爲孱弱，一直到十五歲出現奇跡爲止。有一次，他在山溝裡挖到一塊漂亮的彩色石頭，甚是歡喜，珍而重之，帶回家把玩，但那石頭仿似會蒸發一樣，竟然逐點逐點縮小，最後消失不見了。歐陽鐵牛雖因失去寶石而不快，卻也沒放在心上，過了一段日子，他身體突然發生驚人變化，變得碩大無朋，全身肌肉像石頭一樣，尋常兵器都不能傷他分毫。人們都說是那塊神石之效，神石已化進他身體裡去，更有人說，那神石便是女媧補青天後留下來的五色靈石塊。

不管傳說眞假，現在的歐陽鐵牛就像一座山般矗立在柴十郎面前，他仍相當年輕，只有二十多歲，全身機能都達到人生頂峰。他的拳頭不合比例地巨大，他的肌肉像岩石一樣堅硬結實。任你武藝再高強，都敵不過歲月，柴十郎已四十餘歲了，機能開始衰退。劍匠胡十也不在他手上，如何憑赤手空拳抵擋歐陽鐵牛的進擊？

不容多想，歐陽鐵牛已一拳攻至，柴十郎避開，「篷」的一聲，巨拳在台上擊出一個窟窿！

柴十郎見對方背門大開，立即撲前一拳轟下，卻有如泥牛入海，絲毫不起作用。歐陽鐵牛反手一撥，已將他撥跌台上，一個轉身，舉腳便向他頭顱踩下。

柴十郎避無可避，雙手握拳，集中力量攻擊對方腳底湧泉穴，趁對方力度一緩，滾至另一邊去。

面對不斷進攻的歐陽鐵牛，看客但見柴十郎只能夠不斷閃避，或趁對方露破綻時施以一兩下看來不痛不癢的攻擊。

如此過了若兩盞茶功夫，歐陽鐵牛一改招式，疾步衝前，伸出鐵桶般巨臂，將柴十郎熊抱起來！

歐陽鐵牛怪笑道：「我這叫『裂石抱』，任你銅皮鐵骨，都一定被我榨出血來！受死吧！」一邊說一邊使勁，全身肌肉忽然又加倍膨脹起來，雙臂擠壓，誓要將獵物殺死。

柴十郎身體必剝作聲，仿似筋斷肉裂一樣，表情痛苦，難以呼吸，想使勁也絲毫使不出來。

看客及搏擊士都屏息靜候，正當大家都以爲柴十郎即將一命嗚呼之際，突然間，聽到了石子掉落的聲音。

「啪」……「啪」……「啪啪」……「啪勒勒」……「啪」……

一塊一塊「石子」從歐陽鐵牛身上掉落，他的身體竟像土分瓦解起來！

眾人只見他面無血色，雙眼反白，難道已經死去？

柴十郎用力一掙，擠斷了歐陽鐵牛雙手，雙手跌在地上，「篷」的一聲，像泥塑玩偶般跌個粉碎。

看著歐陽鐵牛的身體仍像山石遭風蝕一般慢慢剝落，柴十郎驚魂未定。他曾半信半疑地聽齊北鬼說過，世上有一些色彩豔麗的礦石，只要一出土，就會散發能量，影響生物機能，能量強烈的更能將生物的體形和構造改變，例如可以令一隻小蜜蜂，變成麻鷹般巨大。可是，這種受礦石能量影響的生物不能活得長久，只要身體負荷到達一個臨界點，力量反噬，就會自我毀滅。

剛才生死關頭，想到有關歐陽鐵牛的傳說，又回想起齊北鬼的話，柴十郎在應對時孤注一擲，不斷以眞氣內力注入對方體內，務求加強對方體內能量，加速力量反噬的出現，也不知能否湊效，可以說是一次以生命爲代價的豪賭。

最後，柴十郎的豪賭成功了，「裂石抱」裂的不是他，而是歐陽鐵牛。

一陣轟響，歐陽鐵牛有如山崩般完全坍塌。

眾人看著眼前怪異景象，目瞪口呆。

「啪啪啪啪啪……」

良久，忽然傳來一陣掌聲，掌聲來自看客席上一個偏僻角落，循聲望去，只見一個人站起身來。

那人背上掛著長槍，一臉英悍不羈，散發一股懾人氣勢。他，便是神捕之一的「閃電槍」英飛帥。

英飛帥露出滿不在乎的笑容，道：「真是令人大開眼界！柴錦衣先生殺死過千人而幾乎毫髮無損，我就知道鐵牛也沒可能殺得到你，卻想不到他反倒招致殺身之禍呢，可惜！可惜！朝廷機密檔案記錄當年曾有一個年輕人，殺敗四俠，且放歌舒刀一馬，據描寫那人的形貌特徵與閣下有相似之處，想來就是你了。想不到啊！原來這捆炸藥一直埋在京城裡呢！」

不少看客這才知道，台上這個散發邪氣的漢子，竟是當年紅極一時，現在已被一沉百踩的劍舞師柴錦衣。

英飛帥閉上眼笑道：「可惜得很！可惜得很！今天就是你的死忌了！你現在已經被九個帥捕和二十三個將捕包圍，已沒機會逃走了。」他張開眼睛，「另外，朝廷已增加至一千兩來懸賞你項上頭顱，各位搏擊士，你們有興趣嗎？」

柴十郎一怔，舉頭四顧，不知何時，場館裡不同地方都出現了身穿捕快勁裝的人物，他們手持武器，嚴陣以待，還有人彎弓搭箭，成甕中捉鼈之勢！

突然一人躍到柴十郎對面，大叫道：「一千兩啊！我王小鐵拿了這一千兩娶十個老婆都可以啊！我爹娘的醫藥費也有著落了！說不定皇上格外開恩，賜我接替那死鬼歐陽鐵牛呢！」這個搏擊士還未說完，只見已另有三個搏擊士搶在他前面撲向柴十郎，與此同時，各大帥捕和將捕從四方八面掩至，將柴十郎圍在核心，其他搏擊士加入戰團，展開圍捕，只要誰先奪得欽犯首級，誰就可以名成利就，一時之間殺聲震天！

不少看客紛紛逃離場館，但也有不怕死的，留守現場觀看這千載難逢的火拼。

柴十郎霎時之間面對數十個或武功高強，或力量驚人的對手，全部人目標一致，都是要取他性命，實不敢有絲毫輕心，可是配劍不在手中，實力大打折扣！千鈞一髮間，不容多想，先用掌力逼退幾名搏擊士，瞥眼間發現正攻至的一個將捕出現破綻，搶到對方身前，一掌切在他持劍手腕上，奪取利劍，反手一劍將他頭顱割飛。

柴十郎原擬按照「劇本」行事，憑赤手空拳打死幾個搏擊士，再利用劍匠胡十大開殺戒，以此達至震懾世人效果，想不到卻製造機會予人圍捕。此刻他不作多想，揮舞利劍，殺出一條血路，正要跳下擂台，去取混亂中被踢至台下、藏在衣服裡的劍匠胡十，突然「哐」的一聲，一枝箭射在他面前台上，只差分毫就能射中他，舉頭一看，只見一個穿著帥捕服飾的女子舉著強弓，像監視獵物一樣在看客席遠處虎視眈眈。

銀光一閃，女帥捕又已彎弓搭箭，向他射來。

箭速急勁，柴十郎斜身避過，弓箭射中身後一個搏擊士。他順勢一跳，在台下取回配劍，颯颯連聲，數支暗箭已同時射來，無計可施，又被逼跳回擂台上，利用其他人做掩護。

他右手是劍匠胡十，左手是將捕寶劍，劍影翻飛，沉著應戰。

他使的是從七個齊北鬼身上學來的劍術以及天山劍法，經過自己多年的改良與鑽研，變化多端的劍招令敵手觸摸不到，應接不暇。他將精力放在各大名捕身上，接連挑倒四個名捕，趁部分人開始膽怯，接著又放倒了十多人。

那些搏擊士雖有實力，實則是烏合之眾，不少已經趁機逃走了，剩下來的也不成氣候，而各大名捕平時分頭行事，當中部分人本來就互瞧不起，毫無默契可言，被柴十郎聲東擊西，一一擊敗，死的死，傷的傷，另有十個名捕逃走，餘下能夠作戰的只有三名帥捕及七名將捕，此外，還有幾個視死如歸的搏擊士在場。

柴十郎大喝一聲，雙劍橫掃，逼退眾人，以期調整攻勢。

英飛帥在打鬥開始之時，與那持弓的女帥捕成一犄角，一直舉著手中槍蓄勢待發，卻是始終等不到柴十郎出現致命破綻，這時死傷慘重，容不得他再守株待兔，他跳到擂台上，站在柴十郎對面，與眾人形成合圍之勢。

英飛帥又露出那不羈笑容，只是已有點牽強了，「柴先生，如果你考慮投降，我可以向大總管求情……到時皇上或可以……或可以免你不死……流放海島……」

「嘻……嘻……哈哈……哈哈哈哈哈哈——」

柴十郎笑了，好像聽到甚麼大笑話般，抑制不住地仰天長笑。

英飛帥大怒，手中槍一抖，向柴十郎身上幾處大穴點去。

柴十郎見招拆招，步法如跳一支優美的劍舞。

其他人一湧而上，各使看家本領攻向柴十郎。一時之間看不見柴十郎如何應對，只見戰圈中不時有人敗退，不是已被一招斃命，就是被斬至重傷。轉眼之間，只剩下英飛帥一人仍與柴十郎周旋。鬥到難分難解處，兩人同時出招，兵器擦出火花，雙雙被反震退後。兩人各據擂台一角，成對峙之勢。

柴十郎用將捕寶劍守護後門，防備暗箭，劍匠胡十則舉劍向前，凝神思戰。

英飛帥閉上眼睛，以槍拄地。

兩人同時想像各種攻擊和防守的可行性。

約莫一盞茶功夫，英飛帥突然滿頭大汗。

風聲響起，兩人同時躍前，看不見出招，已互相越過對方身邊，背對背交換了位置。

「哐啷啷」，半截長槍跌在地上，半晌，只聽英飛帥以一貫不在乎的口氣，緩緩地道：「我終於知道了劉不言的無頭槍，是如何折斷的了，剛才那一招，實在太可怕，見到那樣的武功……我……死……也……值……」言畢，向前俯跌而下，一命嗚呼。

電光火石間，一枝冷箭向柴十郎急射而至！柴十郎閃身避開，正要躍上前解決那女帥捕時，身軀一緊，突然被人從後熊抱，只聽一人聲嘶力歇地喊道：「那女人，你快點射過來啊！我橫豎都快死了，不用管我啊！」

原來王小鐵還未死，憑最後一口氣，將柴十郎緊緊箍住！

那個女帥捕，名叫花青穗，綽號「玉美花顏」，是「神帥將」名捕中唯一一個女性。

花青穗能得到今天的位置，全憑個人的意志與決心。要在男性社會中取得認同，她必須比男人付出加倍努力，她勤於練功，博習敏學，不恥下問，她有一顆強大而堅毅的決心去爭取成功。生爲女人，她又知道一旦將自己變得與男人毫無二致，又將失去女人的優越，因此，她也無時無刻不注重自己的容貌和身材的保養。面對男人，女人最大的武器就是她的容顏和身體。

作爲獲朝廷授權行使武力的捕快體系，發展只二十餘年，卻已存在一些不成文規矩，例如在大多數情況下，必須等到上級名捕退休或殉職，下級名捕才有可能獲得擢升，哪怕你的實力已經超越上級，年資，是除背景之外當權者主要的考量因素。

剛才，花青穗大可一走了之，再慢慢等待成爲神捕的一天，然而，她也希望有機會親手殺死柴十郎，如此成爲神捕就順理成章得多。在英飛帥與柴十郎對峙期間，她有機會出手干擾後者，但她沒有，她等的就是漁翁得利的機會。

那不知名的搏擊士突然將柴十郎緊緊抱住，這不就是千載難逢的機會嗎？

只聽那人叫道：「女人！快放箭啊！我快支持不住了！記住分些賞金給我爹娘養老啊！」

花青穗彎弓搭射，瞄準柴十郎心臟。

放！

勁箭急勁射來，柴十郎仍未能掙脫鐵臂，千鈞一髮間，他一口咬在鐵臂上，用力扯開一塊肉。王小鐵吃痛，力度一弱。柴十郎趁機一蹲，箭已射至，「噗」的一聲從他肩頭射進，直插王小鐵心臟，後者痛呼一聲，回天乏術。

柴十郎下蹲後雙臂已可活動，他揮劍斬斷王小鐵雙手，又將箭折斷，真氣一提，人影一閃，已飛到花青穗面前。

柴十郎吃了個大虧，一臉惱怒！

此刻，花青穗已沒可能再作出任何攻擊了，在如此接近的距離，她最擅長的弓箭，等同廢物。除了箭，她身上還有一口寶劍和一把匕首，可是，在劍法已達頂峰的對方面前，這兩樣武器都也只是廢鐵。

然而，她還是拿起了匕首，迅雷不及掩耳，在自己身上一割！

她不是自殺，而是要將衣服割破，露出隱藏在裡面那雪白的身體來。情報顯示柴十郎剛才曾強姦一個少婦，她由此推斷此人必是好色之徒，只要身體能吸引對方，也許就可以保得住性命，一息尚存，命運都還有無限可能。

雪白的胸脯起伏，粉紅色的乳頭有一點水透，嬌羞的表情，喘息的神態，明眸，皓齒，紅唇。一陣女性身體天然的香氣散發著。

正常的男人，不，就算是正常的女人，對眼前的花青穗也會動起慾念。她睋眼觀察柴十郎表情，務求尋找端倪，見機行事。

颯！

劇痛攻心。太快了，在花青穗意識到時，柴十郎的劍已刺進她胸口，鮮血，瞬間染紅她軀體，渲染得像一幅水墨畫般。

生命即將終結，一切都將煙消雲散，在生命的最後一瞬，花青穗看到了柴十郎將劍從她身體拔出。不知爲何，她感到了快感。看著他那鄙薄的表情，有一刻，她眞懷疑那是奪去她處子之身的富家公子。她的瞳孔慢慢放大，倒映出柴十郎不屑一顧地轉身而去的背影。

現場還有數十個不怕死的看客，他們目睹過氣劍舞師將對手通通殺敗，怕他殺紅眼，不放過在場任何人，皆惶恐得不知如何是好，大氣都不敢透一下，卻見他連衣服也不穿上，像要趕往甚麼地方般，疾馳而去，眾人均鬆了口氣。他們皆感三生有幸，正要離場，好去宣揚親歷的震撼場面，突然間，卻發現場館內不知何時，已憑空多了十數個黑衣人，氣氛陰森詭異。

那些黑衣人戴著惡形惡相的面具，各持兵器，目露兇光。

白光閃爍，鮮血四濺，慘號之聲此起彼伏。

黑衣人見一個殺一個，瞬間已將數十名看客殺光。

那些看客死時仍不知發生何事。

黑衣人像鬼一樣，迅即消失無蹤。

就在京城鬥藝館中已然幾乎沒有生人時，一個人從屋樑上跳下來，看一看花青穗屍體，露出惋惜表情，又瞥眼英飛帥，不禁露出笑意。

此人生得尖嘴猴腮，體形猥瑣，正是十大神捕之一的侯急島。

忽然一陣呻吟從身後傳來，之前曾經上台比試的紅方巨人搏擊士雖中了柴十郎多劍，竟還未死，正慢慢站起身。

侯急島一怔，衝到那巨人身前。

在那巨人還未意會到發生甚麼事時，心胸處已忽然多了個巨大窟窿，「篷」的一聲，倒地而亡。

侯急島撮嘴吹一下哨子，剛才那些黑衣人又像鬼魅一樣重新出現，手持兵器，快速巡視擂台附近，發現奄奄一息者，無論是否捕快，都補上致命一劍。查察完畢，向侯急島一拱手，飄然離開。

四個穿長衫的男子匆匆跑進來，拿著紙筆墨，守在侯急島身邊，一邊聽他指手劃腳地說話，一邊抄抄寫寫。當中有人間中說一兩句，似是給侯急島提意見。

除了輕功了得外，實在沒多少人知道侯急島有何本事，後世文獻上對他立功的記載卻有不少。稗官野史說，侯急島懂得利用「記弁」。為穩定統治，朝廷為每名要員及神捕都配備了幾個「記弁」，這些「記弁」與張龍生等人的「媒客」相似，目的是記錄官方人員事跡，將有利穩定統治的內容向百姓宣揚。

據傳，負責管理「記弁」的官員是侯急島親兄。

後來，當侯急島成為捕快大總管後，官方是如此記載「鬥藝館之役」的：「侯急島率先趕抵，與邪父柴十郎激戰。決鬥多時，邪父使出陰招，侯急島不虞有詐，遭擊倒昏迷，此時眾捕趕至，牽制柴十郎。侯急島原擬拼死一戰，然幾名下級巡捕已護送其離開。侯急島甦醒後為時已晚。未能參戰，致使同袍死亡慘重，侯急島終身耿耿於懷。猶幸，侯急島在對戰時曾刺傷柴十郎左肩，影響後者在天比高塔樓一戰之表現……」

此一役死者包括：神捕歐陽鐵牛（江西人）及英飛帥（京城人）二人、帥捕花青穗（籍貫不詳）等七人、將捕十五人、搏擊士王小鐵（山東人）等四十三人；正史記載爲柴十郎殺害之看客六十二人。

九、終極之戰

戌時。明月初懸。

平時十分繁榮的京城偃武大街，因節日緣故，更是摩肩接踵，車水馬龍，人聲喧嚣，到處張燈結彩，洋溢喜慶氣氛。

百姓似乎仍未知悉京郊竹林、京城鬥藝館及二十個劍舞班發生慘案的事情，只因朝廷下令封鎖消息，以免造成群眾恐慌，偃武大街位於皇城附近，也不見加派重兵駐守，只有尋常一些下級巡捕巡邏，與往時節慶日子無異。

在街中央，銷金窩「風花雪」大樓前的廣場，由風花雪老闆出資興建的一座高十丈、方若十五丈的花燈塔樓「天比高」拔地而起，若說是樓，不如說是巨型架子，採用精鋼搭建而成。四面掛了數百個琉璃彩燈，十多個貌美男子分布各層，輪流看管，保證每盞彩燈燈火不滅。每一層均布置屏風、錦緞、彩翎及寶石等色彩絢麗的裝飾，並擺放有箏管、琴瑟及鑼鼓等樂器，各有倩女守候在旁。據說，單就一個彩燈的造價已是京城普通人家半年的用度，其餘豪華裝飾更價值連城，極盡奢華之能事。

塔樓下空出方圓數十丈，以柵欄隔開，柵欄外，聚集成千上萬老百姓，周圍高樓的靠街閣兒和廂房內也坐滿貴賓，等待慶典開始。大家都知道，今天將由國舅代表皇帝在塔樓上主持大型中秋慶典，屆時東南西北四座戌樓會同時發放煙火，歡慶太平盛世。慶典的節目，包括「櫻刀浪人」等劍舞班表演及各種弦曲演奏，實在令人期待。

可是，時光緩緩流逝，依然未見典禮開始，翹首以待的百姓開始竊竊私議，就在大家即將鼓譟時，不知何時，頂層舉辦儀式的高台上，忽然出現了兩個身影，在月下舉劍對峙。

有見多識廣之人看出當中一個可能是劍舞師柴十郎，而另一個，面如冠玉，風度翩翩，則是十大神捕之一的「火地獄」孫千秋，如此配搭出現在塔樓之上，不禁令氣氛頓時變得詭異起來；又有人以爲是風花雪老闆知道國舅未至，特意安排的助慶節目。

塔樓上，孫千秋淡淡地道：「殺人的劍，叫甚麼劍？」

柴十郎口氣冷然：「你不記得了嗎？你果然不記得……你今天仍然可以稱之爲『劍匠胡十』，今天之後，這把劍就是名聞天下的兇兵！」

孫千秋壓抑內心怒火，「你半日之內一共殘殺了近兩千人，包括你的伙伴，包括深愛你的妻女，包括一千多個無辜性命，當中老弱婦孺不計其數。你，覺得暢快？」

柴十郎冷笑道：「爲了在這和平時代留名萬世，有些犧牲是免不了的。」

「你鑽牛角尖了。」

「隨你怎麼說。」

「你還恨藻兒？」

柴十郎咬牙道：「那是你們的選擇。不過，如果再給我一次機會，我一定會將她碎屍萬段。」

孫千秋苦笑：「何苦呢？」

柴十郎仰天長笑，舉劍道：「不要猶豫了，今晚就來終結一切！」

今名。

孫千秋道：「師弟，不要逼二師兄走這一步。」

原來，「火地獄」孫千秋，便是柴十郎的二師兄小火兒，他原名叫孫一火，投身朝廷後，獲賜今名。

柴十郎道：「我沒有你這個忘恩負義的二師兄。」

精光暴現，利劍已向孫千秋刺去。

孫千秋不敢怠慢，舉劍一架，因猝不及防，被震退兩步，立即重整旗鼓，施展的並非「天山劍法」，而是家傳「孫子劍法」，與柴十郎廝鬥起來。

兩人在高台上騰挪閃展，劍光映襯月光燈光，煞是好看，兩人更不時鬥至高台邊緣處，眼看就要跌將下去時，一扭腰卻又將失重心的身體挽救回來，塔下百姓及周邊貴賓讚嘆之聲不絕。

鬥了數十個回合，人影一分，兩人已同時將劍尖指向對方咽喉，同在離喉核一寸左右的空氣中凝固下來，只要哪個稍微一動，便可能同歸於盡。

兩人四目對視，眼球的輕微顫動彷彿都蘊含令對方胡思亂想的萬語千言。

對峙形勢維持了一刻，孫千秋忽然垂下手來，閉起眼苦笑道：「師弟，是二師兄不好，是我辜負了你，是我辜負了你的深情厚愛……但我萬料不到，我們都已過不惑之年了，已經娶妻生子過著正常人生活，你卻還會對往事念念不忘……」

柴十郎一咬牙，尖劍向前一送，刺入孫千秋皮肉，憤然道：「當年我們是如何被雲端老賊和淫樹子欺侮淫辱？如何被他們操弄得人不似人鬼不似鬼？我原本就要了結那一切，是你要我逆來順受！是你要我變成同你一樣的人！是你！是你要我跟你一起行那苟且之事，透過對方千瘡百孔的身體來尋找慰藉！但為何變心的會是你！為何你要愛上慕容藻那賤女人！」

孫千秋苦笑，「你就殺了我吧！就當這是我的救贖。如果你相信有來生，也許我們就可以正常地生活在一起了！師弟，動手吧！」

他將劍抛下，引頸就戮。

柴十郎目露凶光，罵道：「正常？甚麼叫正常！」手指一緊，卻聽有人喊道：「劍下留人！」白影一閃，薛東東已出現在孫千秋身後，只聽他慌慌忙忙地笑著道：「柴大哥，求你乃念我們今天結拜之誼，放孫兄一條生路，也當給自己一個機會吧！」

「我不需要甚麼機會。」

柴十郎平靜得可怕，正要將孫千秋了結，突然塔樓一陣強烈震動，他一下踉蹌，薛東東已將孫千秋撲倒一邊去。

塔樓繼續搖晃不斷，只聽群眾一陣驚呼，柴十郎把眼一看，一個虬髯大漢竟如履平地般沿著近乎垂直的鋼支架向高台疾馳而至。那人上得高台，掄起巨斧，逕向柴十郎殺去，一邊喊道：「你這殺千刀的！還我女兒女婿來！」

對方虎虎生威，氣勢懾人，柴十郎不敢怠慢，忙於應對。

此人便是神馬鏢局總鏢頭「爛刀破斧」鐵無錢，喪女之痛無以復加，誓要柴十郎人頭落地，不得好死！他一心爲女兒復仇，招招奪命，也同時暴露出不少破綻，接連被柴十郎劃了兩道口子，但他不理傷勢，斧影四方八面籠罩。

柴十郎一時無計可施。

薛東東與孫千秋猶豫了一陣，前者掣出子母劍，後者取回兵器，加入戰圈，合三人之力對抗柴十郎。

鬥了十多回合，柴十郎以守爲攻，雖然仍可支撐，但面對三大高手，知道長此下去必敗無疑，賣個破綻，引蛇出洞。

薛東東不虞有詐，欺身而前。

柴十郎一閃，劍已攻至薛東東耳後！

千鈞一髮間，孫千秋投桃報李，一掌轟開薛東東，說時遲那時快，柴十郎的劍又已架在他頸項上，這一次，沒人救得了他！

鐵無錢恨得吹鬚睩眼，卻見自己交情匪淺的孫千秋處於兇險，稍有閃失可能令他喪命，也只得在旁戒備。

孫千秋又一次抛下兵刃，好像忽然蒼老了許多的樣子，苦笑道：「情愛不可以勉強啊！十郎，我曾經愛過你，但後來我在京城武林大會上認識了藻兒，我也不知道爲何就會愛上她呢，是天意吧……

其實我對你也一直有愧，今天，總有機會解脫了……原諒我……」

他的「原諒我」不知是跟柴十郎說，還是向薛東東和鐵無錢說，因為他料到自己將不能並肩作戰了。

柴十郎雙眼緊閉，迸出淚花，大喝一聲，將孫千秋頭顱割飛！

「不要！」薛東東與鐵無錢同聲大叫，調整陣勢，一左一右，再作強攻！

薛東東咬緊牙關，既怒且恨，剛才出招還有猶豫，此刻已毫不留手！

薛東東綽號叫作「鈍胎」，源於他天資確實低人一等，雖生長於富豪之家，但智力發展遲緩，一直不被人看好。薛東東有一顆好勝之心，儘管既欠悟性亦缺急才，卻也好學不倦，勤思苦練，憑後天努力，終也取得常人難以企及的成就。他與柴十郎結拜，只是一時豪氣，反而與孫千秋份屬同袍，早已稔熟，此番好友為救他而死，怎不叫他既憤且怒？

痛失愛女的鐵無錢同仇敵愾，進攻之間更不顧惜自己身體！

他本是個兒女成行的三流武俠，後遭仇家滅門，只剩他與尚在襁褓中的鐵琴香倖免於難，遭逢巨變，視女兒如珠如寶，為了復仇，也為了保護女兒，他在三十歲開始才認真鑽研武藝，在大武俠時代終結前報卻深仇大恨，後來組建鏢隊，名成利就，獨領一方風騷。沒有甚麼比痛失愛女更令他心疼欲絕，就算死，他也要為愛女報仇！

兩大憤怒的高手並未進退失據，招式反而比之前更靈活，更凌厲，更快，更狠！

柴十郎殺了二師兄後心胸有種說不出的異樣感覺，真氣運行因此出現窒礙，此番失去先機，更是左支右絀，同一時間，左肩被花青穗射傷之處隱隱發痛，傷口周圍滲出黑色瘀血。中箭時他已知道那是一枝劇烈無比的毒箭，常人也許已毒發身亡，然而他武藝高強，也曾點穴止血，現在鏖戰多時，加之情緒起伏，藥性逐漸發作！他一邊運功逼出毒藥，一邊疲於應敵。

一左一右，一剛一柔，一狠一辣，薛東東與鐵無錢將柴十郎逼得接連後退。鐵無錢大喝，斧頭一掃，「嗆」的一聲，劍匠胡十竟被震飛！鐵無錢一鼓作氣，將柴十郎逼到高台邊緣，眼看對方就要掉將下去！

柴十郎一個翻身，卻又跳回台中，這時薛東東子母劍已在等候，他在空中避無可避，雙腳各被割上一劍，鐵無錢斧頭已攻至，斧刃在他背後劃了一道血痕！

「篷」的一聲，柴十郎跌在台上！

「老子現在就取你狗命，爲女兒女婿報仇！」

鐵無錢掄起巨斧，向柴十郎疾劈而下！薛東東不敢造次，嚴陣以待，封鎖柴十郎退路！

眼看柴十郎就要被巨斧劈開兩邊，突然一陣破風之聲響起，電光火石間，從七個方向憑空飛來了七把利劍，三把將巨斧擋開，另外各有兩把，像有生命般攻向薛東東及鐵無錢！

薛東東揮劍擋架，只感劍力驚人，竟被震開兩丈！

鐵無錢一心一意殺敵，不虞有他，在斧頭被三把利劍擋開之時，另兩把利劍已像剪刀一般左右一絞，將他持斧的前臂絞斷，痛呼一聲，向後倒跌。兩把劍一個轉勢，一左一右，插進他左右兩肩，將他釘在台上！

薛東東應變奇快，舉劍閃在鐵無錢身前戒備。

柴十郎驚魂甫定，取回劍匠胡十，站在薛鐵二人對面。

三人只感到不可思議，忍不住四處張望，不知高手何方神聖。

京城現在已沒可能還有七個人擁有如此高強實力，到底是甚麼人？

寂靜良久，突然，遠處嘈吵聲四起，多個方向傳來百姓慘叫之聲，三人分從聲音來源處看去，眼前出現了不可思議的奇景！只見七個十尺巨人，從七個方向朝塔樓前進，神阻殺神，佛阻殺佛，將擋路的民眾通通殺滅，肢離破碎，死傷枕藉，活生生開出七條血路！

那七個巨人殺至塔下，竟然自行分解，組合成幾條長蛇一樣的物體，像波浪翻滾般沿著支柱爬上塔頂高台，在台上又重新組合成人形！

三人定睛細看，駭得說不出話來！那七個「人」並非活物，而是透過力量氣機牽引，由數之不盡的兵器金屬組成的形體！

「齊北鬼！」

柴十郎叫出聲來，那些結合並控制兵器的力量，是他無比熟悉的劍氣——齊北鬼的劍氣！七道劍氣同時出現的情景他也熟悉不過，尤其在齊北鬼遭遇兇險之時，想不到的是，人已死，劍氣卻不滅！

那七道劍氣，來自齊北鬼走火入魔後的七重性格！

齊北鬼死前剛從箏師狀態甦醒，其大部分劍氣卻仍處於休眠狀態。他在被殺死一刻領略了劍術最高深的奧義，刺激其劍氣突破巔峰境界，強大能量衝破肉身障礙，形成七股有生命、有思想的力量，一直跟隨柴十郎足跡，將所有被其殺害者的兵器等金屬物件捲起，如同當年的枯葉樹枝一樣，劍氣就靠那些兵器顯出形相！

七道劍氣將柴十郎團團圍住，此刻的劍氣更實在、更穩定，也更有生命力。

「鏘！」「鏘！」「鏘！」「鏘！」「鏘！」「鏘！」「鏘！」

劍氣同時從身體中抽出一種兵刃，或刀劍，或槍棒，發出一聲金屬感的鬼哭神嚎，齊向柴十郎疾攻而下！

柴十郎見七把兵器壓風而至，毫沒招架餘地，只能左閃右避，險象頻生！想起當年面對七道由枯葉組成的劍氣時，自己都已險死還生，從沒勝過一仗，此刻不但已沒有齊北鬼本人來化解劍氣，更要命的是，劍氣由寶劍名刀組成，隨便中一招都將浴血當場！

劍氣剛才之所以擋截鐵無錢巨斧，也許就是要親自戰勝柴十郎，此番出招，招招奪命，柴十郎身體已被劍氣割出了無數傷痕，加之左肩傷患越來越痛，看來離戰敗身亡不遠了！

柴十郎心心不忿，想不到功虧一簣，如果不能等到自己計算好的那一刻，他就沒可能開創一個新時代！不甘心！不甘心！他大喝一聲，奮起反抗。

「錚——」

七種兵器一同攻下，柴十郎舉劍擋架，火花激濺！七道劍氣同時發力下壓，「轟隆」一聲，高台再抵受不住連番摧殘，轟然下陷，劍氣與柴十郎一同跌至下一層去！

柴十郎趁混亂閃到一邊，就在這時，他看到了一件樂器。

箏。

一架箏竟然在他腳邊。

這架箏，本來是今晚中秋慶典舉行時用來演奏的。

柴十郎靈機一觸，忽然坐下來。

七道劍氣迅即將他團團圍住。

柴十郎竟閉起眼睛，撫起箏來，彈奏出一道曲子。那是他當年與齊北鬼相處時，學會彈奏的《高山流水》，當年，無論是由齊北鬼還是由他彈奏，音樂響起的一刻，就是齊北鬼最寧靜祥和的一刻。

兵兇戰危，柴十郎彈奏的曲子卻是純淨雅致，超凡脫俗，流水淙淙，山風呼呼，溫情脈脈，令現場情景變得更為奇特怪異。

劍氣彷彿被箏樂影響，竟靜止了半晌，但其中一道劍氣終按捺不住，舉刀向正在奏樂的柴十郎砍去。柴十郎仍閉目撫奏，專心致志。眼看利刀就要劈在他頭上，忽聽一聲嚎叫，一陣金屬崩裂聲響，另一道劍氣竟制止了第一道劍氣的攻擊，並將第一道劍氣擊散，刀槍劍戟散落一地！

那道守護柴十郎的劍氣，顯然脫胎自齊北鬼老箏師的性格！

其他劍氣向那守護的劍氣出擊，一時之間劍氣在柴十郎四周亂鬥起來，金屬相擊之聲和柴十郎古箏彈奏之聲相映成趣。

劍氣間相互影響，氣機擾亂，突然一陣金屬轟鳴，劍氣暴散，消失無蹤，兵器向四周迸射，台下部分民眾走避不及，紛紛遭殃！

雖然兵兇戰危，但不少禁武已久的民眾被武學奇景所吸引，就算到了此時此刻，仍有人留下來觀看。

柴十郎閉著眼，直至彈完箏曲為止。彈完曲，他站起身，將箏摔破。

「哈哈哈哈……你這人也懂得摔琴謝知音？」

聲音來自薛東東。他方才與鐵無錢一同由高台掉下，在劍氣大亂時，力量拼射，他為守護重傷的鐵無錢，被劍氣傷得體無完膚，其中一劍，傷及他腿部筋脈，血流如注，正坐著運功療傷。

柴十郎與薛東東對視。

薛東東掙扎著站起來，「你可以放過鐵前輩嗎？」

柴十郎撿起劍匠胡十，舉頭注視月亮，答非所問，幽幽地道：「也許是上天的旨意啊！你就像一把鑰匙，若今天不是你的出現，不是為我殺人，不是那一席對話，不是要跟我結拜，也許這一切就不會發生了，你懂得的，你懂得的……我知道你也在懷疑，沒錯，我一直不放棄劍舞，其實在修煉，目的就是要無時無刻都處於狀態中，我在等待的就是像今天一樣的機會。歷史將會在今日澈底改寫，在我殺的這些人中，兄弟你和鐵鏢頭絕對是不可或缺啊！」

未等他說完，怒不可遏的薛東東已破空而至，他手上拿著的是隨手撿起的兩把利劍，直取對方上下兩門，拼死一搏。柴十郎舉劍擋架。兩人劍來劍往，首三回合鬥成均勢，之後薛東東漸處下風。

鐵無錢呻吟道：「薛兄弟逃吧……不用管我……留得青山在……」

與此同時，柴十郎已窺中薛東東破綻，欺身到對方身前，一腳將他踹至塔樓邊緣，緊接以「白雪生花劍舞曲」所演化的一招劍式，一劍穿入對方胸膛。

薛東東心口一涼。他忽然笑了，他嘲笑的是命運，原來在十五年前，他首看「白雪生花劍舞曲」的一刻起，就注定了今天的死亡。

柴十郎將劍拔出，薛東東軟塌塌的身子從塔樓上墮下，「篷」的一聲，摔在地上，鮮血四濺。

柴十郎轉身，要去解決鐵無錢，突然「嚓」的一聲，胸口一涼，一把利劍已經插進他胸口，穿體而出的劍刃，在他背後亮晃晃地反映著月光。

一把熟悉的聲音哭喊道：「你爲甚麼要殺死媽媽和妹妹！爲甚麼！爲甚麼啊！你這個魔鬼！外公有何罪！你爲甚麼要殺死他們！爲甚麼啊！」

「哐啷」一聲，柴十郎手中劍匠胡十跌在台上，定睛細看，只見站在他面前刺殺他的，便是自己的兒子柴戰馬。

他終於趕來了，侏儒楊豆枯果然不負所托。

柴十郎臉露笑容，嘉許地看著兒子，伸手輕輕撫摸他尚稚嫩的臉旁。

柴戰馬不知是出於恐懼還是憤恨，雙手持劍用力一絞，幾將父親心臟攪碎，父親一口鮮血噴在他臉上。

柴十郎哈哈大笑，雙手抓著劍刃，用力一拔，任由衝力使自己身子往後傾倒，向著下面的大街直掉下去。

與此同時，四邊戍樓竟按照原定計劃，放起煙火花，璀璨閃耀夜空。

望著滿天火樹銀花，柴十郎漸漸失去知覺。在澈底失去知覺之前，他想起童年時家裡養的一條黑狗，那條忠誠的黑狗原本生活得很快樂，每天都悠哉悠哉地在村裡各處走動，無憂無慮，討人歡喜，但夏至的一天，不知從哪裡傳來的風氣，村裡每家每戶都烹狗過節，他家的狗也不能倖免地被父母殺死了，他還很記得，黑狗被打得頭破血流，死前還用和善的眼光看著他，好像還想繼續跟他玩一樣……

那就是岳父所說的宿命嗎？

後傳、大浩劫紀傳略

瑞吉二十九年八月十五，十五歲的柴戰馬在天比高彩燈塔樓上，眾目睽睽之下親手弒父，更跳下塔樓，抽出父親脊骨，似失去理智，以劍匠胡十屠殺現場三百餘民眾。由於民眾多已死傷，朝廷再無顧忌，周圍布防之弓箭手領命向柴戰馬放箭，但其被蒼狗劍皇重新凝聚之劍氣籠罩，未能傷其分毫，隨後逃去無蹤。

瑞吉二十九年十月，由於捕快體系被柴十郎重創，朝廷對武俠實施更嚴格的鎮壓，一班不知來歷的黑衣殺手大量殘殺武俠後裔。

瑞吉三十年，東瀛扶桑國借國民被殺之由，派兵入侵沿海地區，攻城略地，生靈塗炭。周邊國家也趁機生事。

瑞吉三十二年，一直被恩師飛羽洞主丁解牛暗中保護照料的柴戰馬走火入魔，將恩師分屍而戮。同時，一直纏繞在柴戰馬周圍的蒼狗劍皇劍氣寄生於其體內。父過子還，尋仇者不斷，柴戰馬遇強越強，小小年紀，功力已提升到常人難以企及的境界。與此同時，他接連殺滅九大神捕，包括原有五個，以及因孫千秋等人身故而填補的四個，只剩下侯急島一人倖免。

瑞吉三十四年，柴戰馬以一人之力將一直處於地下狀態、等待機會光復的天山劍派等十大門派連根拔起。他一手持劍匠胡十，一手持由父親脊骨鑄製而成的特殊武器「蒼狗骨」橫行天下，是繼齊北鬼後第二個可以駕馭劍氣的人，他殘殺無辜，嗜血成性，舉世無匹，成爲了震驚天下的大魔頭。

瑞吉三十九年，柴戰馬殲滅入侵的扶桑四十二將，重挫該國元氣，侵略告終，部分敗兵追隨其下。隨後誅殺波斯將軍，盡納其餘部。

瑞吉四十年，柴戰馬在塞北招兵買馬，廣納妖俠後裔，建政抗衡朝廷，自稱「大邪王」，禍害中土，作惡四十載，導致生靈塗炭，民不聊生，史稱「大浩劫紀」。

瑞浦五年，孫千秋後人孫鷙塵得到薛東東後人容發財之助，組成義軍，號召天下武林義士，聲討「大邪王」，鏖戰五年，兩人親手將柴戰馬分屍於黑水之畔。

君義元年，柴戰馬後人柴無名練成「萬劫千滅掌」，屠殺孫鷙塵一族，其中一個子嗣卻被容發財救走而未被斬草除根。

君義十四年，柴無名被兒子柴夢魂吸取全身功力精枯力竭而亡。

崇明八年，「新大武俠時代」降臨，孫鷙塵後人孫滅情成爲中土武林盟主，展開了與柴夢魂長達數十年的宿敵對抗……

柴孫兩家一共長達數百年的宿命敵對關係，已成爲武林經典而載入史冊，任何習武之人，都必定熟知這些典故，而他們說起這些可歌可泣、驚天地泣鬼神的故事時，往往都是由劍舞師柴十郎最後一天所發生的事情講起。

後記

這本武俠小說，或多或少反映了我幾年前生活上遭逢的一些困境，以及所作出的思考。文藝有個好處，就是可以作為一種宣洩渠道。我沒柴十郎暴戾，但我有時會像他一樣對命運和際遇不忿。他的劍殺人，我的筆寫文，文章寫完，很多事情都放得下了。

我知道文學寫作不應該有道德包袱，創作這本書時，價值觀的問題卻一直糾纏我。儘管讀者知道我並非宣揚邪惡，但該感到字裡行間對所描寫的「大魔頭」充滿同情，怎麼說都好，這是種「不正確」的價值觀吧。文字作品尚有想像和思考空間，若有機會改編做更直觀的影視作品，「觀念正確」似乎是不能逾越的規條，連好萊塢也不敢不從。

我唯有這樣開脫自己：這世上有多少殺人如麻者被奉為偉人或正義使者呢？過去，現在，都不乏那些例子。正如書中沒正式出場的瑞吉皇帝，鎮壓十大門派，為穩定統治，殺的人該不為少數，從他對待歌舒刀手段之凶殘就可知一二，他卻被稱為「仁德聖主」。退一萬步說，就算生活在經濟發達地區的普通人如我們，在享受生活便利的同時，也在不知不覺間壓榨著落後地區人民的血汗，也是破壞環境和生態的幫兇呢。

因此，書中所描寫的「罪行」，只是小菜一碟，柴十郎清楚自己所作所爲，他不願做僞君子，他承認並利用自己的「惡」（對他來說那實際上是「善」），去制衡別人的「惡」。話說回來，他最可恨之處是濫殺無辜、是「無差別殺人」，如此，主人公絕對是死不足惜的。

廢話說太多了，就此打住。

最後，我要感謝秀威資訊科技股份有限公司出版這本小說；感謝李觀鼎、張堂錡和廖偉棠三位老師賜序及推薦；感謝本書責任編輯辛秉學先生付出的操勞及提出的意見；感謝《澳門日報》編輯廖子馨、賀綾聲及孟京爲配合本書在澳門宣傳所提供的協助；也少不了感謝湯梅笑等澳門文壇前輩及同路人一路以來的教導和支持。

太皮

二〇一七年五月

於澳門

釀冒險14　PG1771

殺戮的立場

作　　者	太　皮
責任編輯	辛秉學
圖文排版	周妤靜
封面設計	葉力安

出版策劃	釀出版
製作發行	秀威資訊科技股份有限公司
	114 台北市內湖區瑞光路76巷65號1樓
	電話：+886-2-2796-3638　傳真：+886-2-2796-1377
	服務信箱：service@showwe.com.tw
	http://www.showwe.com.tw
郵政劃撥	19563868　戶名：秀威資訊科技股份有限公司
展售門市	國家書店【松江門市】
	104 台北市中山區松江路209號1樓
	電話：+886-2-2518-0207　傳真：+886-2-2518-0778
網路訂購	秀威網路書店：http://www.bodbooks.com.tw
	國家網路書店：http://www.govbooks.com.tw
法律顧問	毛國樑　律師
總 經 銷	聯合發行股份有限公司
	231新北市新店區寶橋路235巷6弄6號4F
	電話：+886-2-2917-8022　傳真：+886-2-2915-6275

出版日期	2017年6月　BOD一版
定　　價	200元

Printed in Taiwan

國家圖書館出版品預行編目

殺戮的立場 / 太皮著. -- 一版. -- 臺北市 : 釀出版, 2017.06

面； 公分

BOD版

ISBN 978-986-445-207-1(平裝)

857.7　　106007972

讀者回函卡

感謝您購買本書，為提升服務品質，請填妥以下資料，將讀者回函卡直接寄回或傳真本公司，收到您的寶貴意見後，我們會收藏記錄及檢討，謝謝！

如您需要了解本公司最新出版書目、購書優惠或企劃活動，歡迎您上網查詢或下載相關資料：http:// www.showwe.com.tw

您購買的書名：________________________________

出生日期：________年________月________日

學歷：□高中(含)以下　□大專　□研究所(含)以上

職業：□製造業　□金融業　□資訊業　□軍警　□傳播業　□自由業

□服務業　□公務員　□教職　□學生　□家管　□其它____

購書地點：□網路書店　□實體書店　□書展　□郵購　□贈閱　□其他

您從何得知本書的消息？

□網路書店　□實體書店　□網路搜尋　□電子報　□書訊　□雜誌

□傳播媒體　□親友推薦　□網站推薦　□部落格　□其他________

您對本書的評價：(請填代號　1.非常滿意　2.滿意　3.尚可　4.再改進)

封面設計____　版面編排____　內容____　文／譯筆____　價格____

讀完書後您覺得：

□很有收穫　□有收穫　□收穫不多　□沒收穫

對我們的建議：________________________________

____

____

____

請貼
郵票

11466
台北市内湖區瑞光路 76 巷 65 號 1 樓
秀威資訊科技股份有限公司 收
BOD 數位出版事業部

....

（請沿線對折寄回，謝謝！）

姓　　名：____________　年齡：________　性別：□女　□男

郵遞區號：□□□□□

地　　址：____

聯絡電話：(日) ______________ (夜) ______________

E-mail：____